貯金兄弟

竹内謙礼／青木寿幸

PHP文庫

○本表紙図柄＝ロゼッタ・ストーン（大英博物館蔵）
○本表紙デザイン＋紋章＝上田晃郷

プロローグ

僕たち兄弟は、義父の奴隷だった。母が死んでからの1年間、友達と遊んだ記憶は一度もない。義父は毎日のように酒を飲み、ギャンブルに明け暮れ、家に帰ると、ことあるごとに僕たち兄弟を竹刀《しない》で殴《なぐ》りつけた。昨日も、掃除の仕方が悪いと言って、僕たち2人を、真っ裸で2時間も真冬の屋外に放り出した。

家の掃除、洗濯は当たり前。

しかし、僕たち兄弟に、逆らう術《すべ》はなかった。

僕が兄の宗一郎《そういちろう》で12歳、弟の翔太《しょうた》は8歳。自分たちが生活するためには、義父の下しかないと思い込んでいた僕たちは、その暴力に耐え続けるしかなかったのだ。そして、この日も、義父は朝から酒を飲み、弟の翔太を竹刀で殴った。

「何回言ったら分かるんだ！　雑巾《ぞうきん》掛けは、2回やれと言っただろ！」

義父は身体を丸くする翔太に、何度も竹刀を振り下ろした。すぐに謝れば、殴るのをやめるのに、翔太はいつも反抗的な態度を取り続けた。そのせいか、義父は僕よりも弟の翔太に、特に強く暴力を振るっていた。

「なんだっ、その目は！」

腕と腕の隙間《すきま》から、大きな目で睨《にら》みつける翔太に、義父はさらに激しく竹刀を振り下ろした。しかし、この日はいつもより暴力が激しかったこともあり、僕はさすがに止めに入った。

「すみません、ちゃんと言い聞かせますから、今日は許してください」

僕は、殴られる翔太に覆《おお》いかぶさりながら言った。だが、すぐに義父に蹴《け》られて弾き飛ばされ、壁に身体全体を打ち付けてしまった。

「お兄ちゃん！」

倒れた僕のところに、翔太が駆け寄ってきた。そして、大きな目で、再び義父のことを睨みつけた。

「その目が、気に食わねぇんだよ！」

義父は、竹刀の先端を翔太の頬《ほお》に突き刺した。そして、翔太の目の前にしゃがむと、胸ポケットからタバコを取り出して、ライターで火をつけた。

「お前ら、誰のおかげで、メシが食えてると思ってんだよ」

義父は、翔太の顔にタバコの煙を吹きかけた。しかし、それでも翔太は表情ひとつ変えず、鋭い眼光で睨み続けた。

「もっと、子どもらしくしろってんだよっ」

義父は声を荒げると、タバコの火を翔太の顔に押し付けようとした。

「やめろ！」

僕は大声で叫んだ。それと同時に、義父の持っていたタバコから、大きな火柱が上がった。そして、その炎が、義父の顔を呑《の》み込むように包んだ。

「ぐわぁぁぁぁああぁぁあ！」

義父は、今まで聞いたこともない叫び声を上げると、燃え上がる頭部を押さえながら狂ったように転げまわった。その瞬間、地面が揺れるほどの大きな爆発音が、部屋中に響き渡った。僕は、一瞬、何が起きたのか分からなかった。爆発音と同時に床に吹き飛ばされていた。顔をあげると、部屋の中はあっという間に火の海になっていた。

「翔太！」

振り返ると、すぐうしろで、大きな炎を見上げる翔太の姿があった。

「逃げるぞ！」

僕は翔太の手を握り、玄関に向かって走り出した。しかし、玄関はさらに激しい炎に包まれていて、とても表に出られるような状況ではなかった。

「もうダメだ！」

このまま焼け死んでしまうのか。せめて、僕たち兄弟が通れるぐらいの逃げ道があれば……そう思った瞬間、翔太が落ち着いた口調で「大丈夫だよ」と、燃え上がる炎を指差した。すると、その先の炎が、何かに操られているかのように真っ二つに分かれ、玄関までの逃げ道ができた。

「行こう、お兄ちゃん」

今度は、僕が翔太に手を引っ張られるような形で走り出した。２人で炎と炎の間の道を走り抜けると、その勢いでドアを２人で蹴破った。

「ほらね、大丈夫だって言ったでしょ」

表に出る瞬間、翔太が微笑《ほほえ》んだ。僕は得体の知れない恐怖に襲われたが、ためらっている時間はなかった。そして、翔太の手を握り締めて、一緒に表へ飛び出した――。

「15日午後10時15分ごろ、埼玉県東森山市田町の無職、横田憲明《のりあき》さん(45)方から出火、鉄骨2階建て住宅延べ170平方メートルを全焼した。憲明さんは全身大やけどの重体。中学1年生の長男(12)、小学3年生の次男(8)が逃げ出す際に煙を吸い、のどに軽いやけどをするなどして病院に搬送された。東森山署によると、横田さん方は3人暮らし。当時、横田さんと子ども2人は1階にいた。消火活動にあたった消防士は「1階の窓ガラスが割れるほど火の勢いが強かった」と話していた。同署では、吸い殻のあった1階リビング周辺が激しく燃えていることから、出火原因はタバコの不始末と見ている――」

(○○新聞△△月○○日)

貯金兄弟◎目次

SPENDTHRIFT MAN

A THRIFTY MAN

& A

A THRIFTY MAN

第1章

大卒の生涯年収が、高卒の生涯年収よりも、3000万円も低い理由

――これからは、一流大学を卒業しても、
安泰ではない

& A SPENDTHRIFT MAN

横田宗一郎／22歳
横田翔太／18歳

「兄さん、お祝いしようよ」

内定が出たことを宗一郎が電話で告げると、翔太は真っ先に祝杯を上げることを提案してきた。最近忙しくて、翔太と食事どころか、まともな会話すらしていなかったこともあり、宗一郎は二つ返事でその提案を了承した。

「翔太、せっかくだから、外で食事はどうだ」

「え、外食？」

「先月、先輩に連れて行ってもらったイタリアンのレストランがあるんだよ」

そのレストランは、宗一郎の１週間分の家庭教師のバイト代が吹き飛ぶぐらいの高級店だった。しかし、高校生の翔太に、いいところを見せたいという思いもあり、内定をもらった勢いに任せて、その店を提案してみた。

だが、翔太は「うーん」と電話口で唸《うな》ると、「やめておこうよ」と、落ち着いた口調で言葉を繋《つな》いだ。

「家で食べればいいじゃん。俺、ご飯作るの好きだし」

「おいおい、本当に、美味《おい》しいレストランなんだぞ」

「いいよ、お金、もったいないし」

翔太の節約癖は、今に始まったわけではない。しかし、ここ最近、弟の金銭感覚に、宗一郎は大きな違和感を覚え始めていた――。

節約料理でもエンゲル係数が下がらない

十年前、火災で大やけどをおった義父は、子どもへの虐待《ぎゃくたい》が発覚。親権が剥奪《はくだつ》されて、宗一郎と翔太は児童養護施設に預けられた。宗一郎は母親が残してくれた生命保険の保険金で、公立高校から国立大学へと進学した。その後、家庭教師のアルバイトでお金を貯めると、翔太と暮らすために少し広いアパートに移った。翔太も高校生になると、早朝の新聞配達のアルバイトを始めて、苦しい家計を助けた。

そして、大学3年生になった宗一郎は、広告代理店に的を絞り、就職活動を始めた。リーマンショック直後ということもあり、軒並み企業の採用状況は冷え込んでいたが、子どものころからの貧乏で地味な生活の反動で、派手で華やかなイメージのある広告代理店の仕事に憧れるようになっていた。就職活動中、貧乏な学生だと見られたくないこともあり、スーツや鞄、靴は、一般の学生よりも高いものを身に付けた。

同じように広告代理店への就職を希望する同級生も、派手にお金を使う人が多かった。就職活動に必要な情報を交換するために、宗一郎はそのような学生が参加するパーティや合コンにも積極的に顔を出した。家庭教師のアルバイトでコツコツと貯めたお金はあっという間になくなり、かけ持ちで居酒屋のアルバイトをしながら、なんとか就職活動に必要な資金を調達していた。そのような苦労の甲斐《かい》あって、宗一郎は何百倍ともいわれる大手広告代理店の入社試験をクリアして、ようやく内定を得ることができたのである。

「かんぱーい」

自宅に帰った宗一郎は、缶ビールで祝杯をあげた。翔太は高校生なので、ウーロン茶で乾杯をした。宗一郎は、せめてビールをグラスに注いで雰囲気を出したかったが、「グラスを洗う水道代がもったいない」と、缶のままでの乾杯となった。当然、そのビールは、安い発泡酒である。

「今日は、ちょっと奮発したんだ」

翔太は自慢げに言ったが、食卓にあるのは、いつもと同じ節約料理ばかりだった。ご飯は古米、ハンバーグはおから、もやしのピリ辛炒《いた》め、大根の葉っぱのおひたし、鯖《さば》の缶詰――。翔太が料理をしてくれることで、家計が助かっているのは事実だった。高校生活も忙しい中、よくここまでの料理が作れるものだと、感心するところもあった。しかし本音を言えば、毎日、節約料理ばかりを食べさせられると、心の底から貧しい気分になる。宗一郎はできることなら、翔太の料理をあまり食べたくはなかった。

「なぁ、翔太、これからは俺も働くからさ、もうちょっと、いい食材を買ってみたらどうだ」

宗一郎は、いい機会だと思い、食事に関して新たな提案をしてみた。しかし、翔太はすぐに表情を曇らせた。

「兄さん、エンゲル係数って、知ってる？」

「家計に対する食費の割合のことだろ」

「そう、家庭で支出したお金のうち、毎月どれだけ食費に使っているのか、その割合を計算した数字のことだよ」

「それが、どうした？」

「そのエンゲル係数を求める計算式は――」

翔太は近くにあったチラシの裏側に、『食費÷支出の合計×100＝エンゲル係数（％）』と書いて、それを宗一郎に差し出した。

「兄さん、うちのエンゲル係数って、分かってる？」

「知るわけないだろ、そんなの。考えたこともないね」

宗一郎は、フンっと鼻で笑って答えた。

しかし、翔太は「だいたい50％ぐらいなんだよね」と、言葉を繋げた。

「この数字って、めちゃくちゃ高いんだよ。ちなみに、日本の家庭の平均は22％ぐらいだからね」

「おいおい、こんなに節約料理を作っているのに、なんで、そんなにエンゲル係数が高くなるんだよ」

「貧乏だからだよ」

翔太が、間髪《かんはつ》を容《い》れずに答えた。

「この数値って、収入が少なくて、その大部分を食費に充《あ》てなければいけない貧乏な家庭ほど、高くなってしまうんだ。だからこそ、一般家庭に比べて、貧乏な家庭は意識して食費を抑えなくちゃいけないんだ」

宗一郎が顔をしかめていると、さらに翔太が強い口調で話を続けた。

「しかも、我が家のエンゲル係数には、兄さんの外食の支出は入れてないんだよ。だから、そのお金をプラスすると、おそらく我が家のエンゲル係数は、70%を超えてるよ」

宗一郎は「70%！」と叫ぶと、飲んでいた発泡酒を噴き出しそうになった。

「そうなると、うちは貯金できてないから……俺たちのバイト代の収入と、母さんの残してくれた保険金のうち、70%が食費で飛んでるってことなのか？」

「いい食材を買うどころか、毎日の食費をもっと削りたいぐらいなんだよ」

翔太は、手元のウーロン茶をぐいっと、ひと飲みした。その横で宗一郎は、腕組みをして「うーん」と唸ると、「ん、ちょっと待てよ」と、思いついたように翔太に話しかけた。

「話の腰を折るけど、そもそもエンゲル係数が高いと、何か困ることでもあるのか？」

翔太は、大きなため息をついた。

「何を言ってんだよ。食費は、生きていくために必要な支出だろ。だから、この数値が高すぎると、貯金もできないし、収入から食費を差し引いたお金も少ないから、生活のために最低限必要となる洋服が買い替えられなくなったり、床屋に半年以上も行けなくなったりしてしまうんだよ。だから、エンゲル係数をもっと下げなきゃ、ダメなんだ」

宗一郎は、「これ以上、節約料理を食べさせられたら、ますます貧乏な気持ちが大きくなるだろ」と思った。しかし、翔太はそんな宗一郎の気持ちなど知らずに、安い食材を買う努力について、とくとくと語り始めた。

まずは、新聞配達のバイトのときに、余ったチラシをもらっておく。その中の目玉商品を買うために、自転車に乗って、町内にある6店舗のスーパーをすべて回る。そのときに、他の食材の価格もメモしておき、すべてのスーパーをチェックし終わったら、今度は逆回りで6つのスーパーで買い物をすると、1日で最大で400円ぐらいの節約ができるという。

「それを積み重ねて、1ヶ月で1万円の節約を目標にしているんだ」

自慢げに節約話をする翔太に対して、宗一郎は「なんじゃそりゃ?」と、頭の中にクエスチョンマークがたくさん浮かび上がった。そこまで時間と手間をかけても、節約できるのが1万円なら、もうひとつバイトを掛け持ちして、収入を上げたほうがいいのではないだろうか。そして、空いた時間に好きなことをして、さらに美味しいモノを食べたほうが、幸せだと宗一郎は思った。むしろ、たった1万円のために、雨の日も風の日も自転車を乗り回して、少しでも安い食材を探し回る翔太が、気の毒そうにさえ見えた。

「兄さん、そんなに悲しそうな顔をするなよ」

「は？」

「もっと節約すれば、まだまだエンゲル係数は下げられるからさ」

宗一郎は、「お前が可愛そうだから、悲しい顔してんだよ！」と言いかけたが、ぐっと飲み込んで、翔太に気づかれないよう、小さなため息をついた。

高卒でも生涯年収を高くするコツ

酔いが回り始めたころ、翔太が大根の葉っぱを箸《はし》でつまみながら、話しかけてきた。

「それにしても兄さん、この不景気でよく大手の広告代理店の内定なんて取れたね」

節約料理に箸が進まず、ふて腐れてビールばかり飲んでいた宗一郎も、その質問には声を弾ませて、嬉しそうに答えた。

「天下の『電報堂』だからな。５００人の応募者に対して、１人受かるぐらいの倍率だったんだぞ」

「兄さんは、広告代理店で、何の仕事をやりたいの？」

その質問に、宗一郎は「そうだなぁ」と嬉しそうにビールを飲みながら、言葉を繋いだ。

「テレビＣＭを作りたいんだ」

「すごい！　派手好きの兄さんらしいね！」

嬉しそうに答える翔太を見て、今度は、宗一郎が質問を振った。

「ところで、翔太はどうするんだよ」

「えっ、何が？」

「何がじゃないだろ、お前、高校3年生だろ。どこの大学に行くんだ？」

「あー、大学ね」

翔太はつまらなさそうに答えると、少し間を置いてから、小さな声でぽつりと言った。

「俺、大学、行かないつもり」

それを聞いて、宗一郎は口を半開きにしたまま、固まってしまった。翔太は「ちょうどいい機会だから——」と言って、鞄の中から地域内で配布されている広報誌を取りだした。そして、付箋《ふせん》のついているページを開き、『消防士募集』という小さな告知文を指差した。

「お前……消防士になりたいのか」

翔太から渡された広報誌には、東京都の消防士を募集する告知文が書かれていた。宗一郎の頭の中には、一瞬、子どものころに体験した火災現場の光景が過《よぎ》った。

「昔から、消防士になるのが夢だったんだよ」

「でも、高卒で働く必要はないだろう。大学を卒業したほうが、選択できる仕事の幅が広がる。お金の心配ならしなくてもいいんだぞ。リーマンショックで世の中不況だといっても、俺が入った会社は大企業だ。お金は出してやる」

翔太はゆっくりと首を横に振った。

「違うんだよ、兄さん。大学に行けないんじゃなくて、行っても時間の無駄だと思っているんだよ」

「無駄？」

宗一郎は、翔太の発言の意味が理解できなかった。

「お前は、まだ高校生だから分からないかもしれないが、大学を卒業することは無駄じゃないんだぞ。高卒だと給料も低いし、大手の企業だと高卒では出世も制約されてしまう。生涯年収を比較しても、大卒のほうが、圧倒的に高いんだぞ」

翔太は、口元を押さえながら笑い出した。

「兄さん、それは違うよ。高卒のほうが、確実に大卒より稼げるんだよ」

翔太は、さっきのスーパーのチラシに数字を書き加えながら説明を始めた。

「東京都の高卒の消防士の平均年収って、500万円ぐらいなんだよ」

「高校を出たばかりの新卒で、そんなに高い給料がもらえるのか？」

「違うよ、18歳から勤めて、定年の60歳で一度退職し、そのあと再就職して、65歳まで働くとした場合の平均の給料だよ。それで、結局、47年間の生涯年収は2億3500万円にもなるんだ」

宗一郎は、あまりにも大きな数字を提示されたことで、金額がイメージできず「まぁ、一生働けば、そのくらいにはなるよな」と、軽く鼻で笑った。翔太は、宗一郎の嫌みな笑いを無視して、言葉を繋げた。

図1　大学に行かずに消防士になった場合の生涯年収(by翔太)

高卒で稼ぐお金
消防士の平均年収 500万円×47年間 (18歳～65歳まで) ＝2億3500万円
退職金1500万円
2億5000万円

－

大学に行った場合の損
大学時代に稼げるはずだったお金 500万円×4年間 ＝2000万円
大学入試準備から大学在学中にかかる諸費用の合計(塾代、学費、下宿費、セミナー費など) 1000万円
3000万円

＝

大卒で稼ぐお金
2億2000万円

「さらに公務員は、平均１５００万円の退職金がもらえるから、生涯年収は２億５０００万円に上がる」

「なるほどね」

宗一郎は耳の穴を小指でほじくりながら、つまらなさそうに翔太の話を聞き続けた。

「それに対して、大卒の場合は、物理的に高卒よりも４年間、働く年数が減ってしまう。これで、すでに生涯年収が２０００万円も少なくなる」

翔太は紙に〝マイナス２０００万円〟と書き記した。

「それと、大学に進学するなら、入学試験の勉強のために塾に通ったり、模試を受けたり、参考書を買ったり、最低でも100万円はかかるはずだ。しかも、俺は理系科目だから、もし、私立の大学の理系の学部に入ったら、入学金と4年間の学費の合計で、最低でも600万円はかかる。これに、4年間の通学定期代、教科書、ゼミの研修費などで、100万円がプラスされる」

翔太は、次々に数字を紙に書き込みながら、饒舌《じょうぜつ》に話し続けた。

「それに加えてだよ。入学する大学によっては、ここから通えないかもしれないだろ。そのときには、木造2階建てのアパートの1室を借りるとすれば、1ヶ月の家賃3万円と水道光熱費1万円の合計で、最低4万円はかかり……それが、4年分だから……」

翔太は引き出しから電卓を取り出してくると、今までの数字を足し始めた。そして、液晶画面に映し出された数字を、宗一郎の前に突き出した。

「ざっと4年間で、1000万円になる」

翔太は、先ほどのスーパーのチラシの裏に書いた計算式に、〝マイナス1000万円〟という数字を書き足した。

「兄さん、大卒で民間企業に勤めるのと、高卒で消防士になるのとでは、合計3000万円もの差が出るってことなんだよ」

宗一郎は「おいおい、ちょっと待ってくれよ」と、慌てて話を挟んできた。

「この計算はおかしいんじゃないか？　そもそも高卒よりも、大卒のほうが、平均給料は高くなるだろ？　それに、このアパートから国公立大学に通えば、マイナス1000万円の半分以下で十分なはずだ。それに――」

宗一郎がさらに話を続けようとしたときに、翔太が「待ってよ、兄さん」と、言葉を遮《さえぎ》った。

「もう少し冷静になろうよ。そもそも、大学を卒業したからといって、高卒の消防士よりも、確実に給料の高い会社に勤められる保証なんて、どこにもないだろ」

翔太の問いかけに、宗一郎は返す言葉が見つからなかった。民間企業の給料が上がらない時代に、大学を卒業しただけで、高卒の公務員よりも高い給料をもらえる保証など、どこにもなかった。

「兄さんは頭が良かったから、ここから通える一流の国立大学に入学できたし、給料の高い大手の広告代理店に就職することもできた。でも、今の俺の偏差値じゃ、ここから通える国公立大学なんて受かるはずもないし、私立大学さえも難しい。せいぜいがんばって、地方の二流、三流の私立大学に滑り込むのが、関の山だよ」

「そんなの、受験してみなけりゃ、分からんだろ」

宗一郎の反論に、翔太は、笑いながら言葉を返した。

「兄さん、俺もそこまで自己分析ができないわけじゃない。今まで何度も学内試験も受けて、順位も出ているんだ。高校3年生にもなれば、自分の実力ぐらい、よく分かっているつもりだよ」

翔太の自虐的な発言に、宗一郎は無性に腹が立ち、思わず「バカヤロー！」と怒鳴って、机の上を拳《こぶし》で叩いてしまった。

「お前はまだ、高校生じゃないか！　自分の実力が頭打ちだなんて、勝手な思い込みだぞ。そんな考えでいたら、自分の将来の可能性を狭めることになるぞ！」

しかし、翔太は表情ひとつ変えず、首を横にゆっくりと振ると、淡々と話し始めた。

「俺は現実主義なんだよ。それこそ、落ちる可能性が高い大学の受験料なんて、払うのはもったいない。だいいち、そんな二流以下の大学を卒業したって、就職先も二流、三流になるに決まっているだろ。給料だって、高卒の公務員よりも低くなるのは明らかだよ」

　翔太の驚くほど冷静な意見に、宗一郎は感情論で訴えても、説得できないと感じた。なんとか翔太を改心させようと、今度は、翔太の目をじっと見ながら、ゆっくりとした強い口調で話し始めた。

「いいか、翔太。俺の話をよく聞いてくれ。人生の損得なんて、こんなお金の計算だけで、簡単に決まるもんじゃないだろ。もし、就職した小さな会社の給料が低かったとしても、仕事にやりがいを感じれば、それは幸せなことなんだよ。それに小さな会社は、大きな会社に比べて社内の競争も激しくないから、出世もしやすい。一生、大企業の平社員でいるよりも、ずっと面白い仕事ができるはずだ。それに、出世できれば、公務員よりも生涯年収が上回る可能性だってあるだろ」

　翔太は「は？　兄さん、本気で言っているの？」と言って、目を丸くして、首をかしげた。

「これからの時代は、少子高齢化がキーワードになるんだよ。働いたり、消費したりする人口は減って、日本の経済はどんどん縮小していくんだ。すべての会社の売上は、平均すると必ず右肩下がりになる。そうしたら、大企業よりも、体力がない小さな会社から、出世できるポストは減っていくはずだ。そして、小さな会社はリストラを始めて、真っ先に首を切られるのは、転職もできない40代、50代の人たちになる。そんな状態になったら、それこそ、今、話題の派遣村行きだよ」

宗一郎は、「リストラに遭《あ》うのは、大きい会社も、小さい会社も関係ないだろ」と言い返した。すると、翔太は「ほら、矛盾してる」と、勝ち誇った口調で言葉を繋いだ。

「小さい会社にも大きい会社にも、同じようにリストラがあるってことは、結局、人生は確率論ってことになるんだよ。だったら、俺は、より安定した人生が送れる確率が高い大きな会社で働きたい。でも現実的に、そういう会社に就職できない確率が高いのであれば、高卒で公務員になる道を選びたいんだよ」

「そんな、確率、確率って……人生のすべてが数字に置き換えられるもんじゃないだろ」

「俺は、50代でリストラされるんじゃないかって、ずっとビクビクしながら働くのなんてまっぴらごめんなんだよ。それよりも、早くから消防士という安定した仕事に就《つ》けば、将来のリストラに怯《おび》えることもなく、高い生涯年収を確定することができるんだ」

　あまりにも翔太が筋の通った話をするので、宗一郎は何も言い返せなくなった。それどころか、高卒で消防士になるほうが、大学に進学するよりも正解かもしれないとまで、思い始めていた。

　しかし、このまま、高校生の弟に論破されたことを認めるのは、兄としてのプライドが許せなかった。

「翔太の言うとおり、少子高齢化になるから、将来の日本の企業の業績が悪くなることは予測できる。だけどな、そんな危うい将来のために、今、多くの企業が人工知能やロボットを仕事の現場に導入しようとしている。先進技術を駆使すれば、数年後には働く人数が減った分を、ちゃんと補えるようになるはずだ」

　翔太は、大きな目を見開いて宗一郎の話に聞き入っていた。そして、少しだけ間を置くと、冷ややかな口調で言葉を返した。

「兄さん……就活中、新聞とか、ちゃんと読んでなかったでしょ」

　翔太から、まったく予想していなかった質問を受けて、宗一郎は「えっ」と、言葉を詰まらせてしまった。

「適当に、新聞の見出しを読むだけで、記事とかちゃんと読んでないでしょ。だから、そういう表面的な、浅い話しかできないんだよ」

さすがに癇《かん》に障《さわ》る発言だったこともあり、宗一郎は「なんだと!」と声を荒げた。しかし、翔太は微動だにせず、さらに言葉を繋いだ。

「俺は毎朝、新聞販売店で、新聞の見出しだけじゃなくて、その根拠となる統計データまでよく見てるんだよ。だから、こういう情報に関しては、兄さんよりも、かなり詳しいと思うよ」

翔太は、さらにゆっくりとした口調で話を続けた。

「少子高齢化はね、子どもの数が減ることだけが問題じゃないんだよ。高齢化、つまり老人の寿命が延びていることが、大きな問題なんだ。政府は、年金も医療費の負担も、過去の平均寿命をもとに設計している。だから、予想以上にみんなが長生きするようになって、その計算が大きく狂ってきていることが、日本の将来が不透明になっている原因なんだよ」

「だったら、政府が今の人口の年齢構成に合わせて、計画を作り直せばいいじゃないか」

翔太は、冷静に言葉を返した。

図２　働く人１人が高齢者１人を支える社会が来る

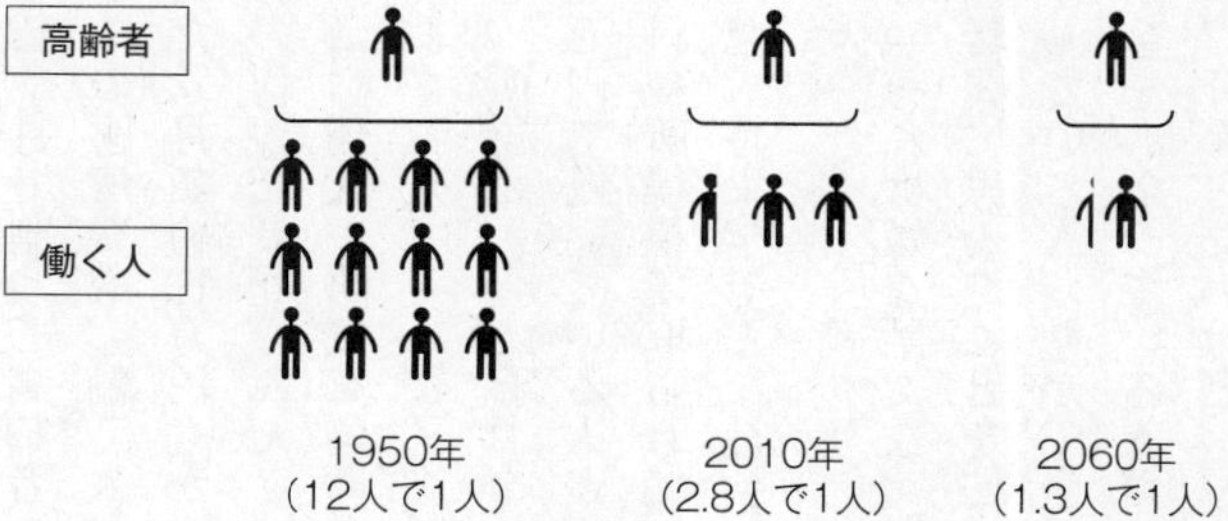

「１９５０年時点では、12・０人の働く人たちで、１・０人の高齢者を支えていたんだ。それが２０１０年には２・８人、２０６０年の予想人口比率では１・３人で１・０人の高齢者を支えると言われているんだよ。でも、この予想ってね、やっぱりハズレるんだよ。これからはもっと平均寿命が延びて、子どもの数が減る。そうなると、将来、１・０人の働く人たちで、１・０人の高齢者を支えることになるのは、時間の問題だと思うよ。

今、65歳以上の高齢者は厚生年金として、月額平均15万円をもらっている。しかも高齢者は、１人当たり年間約70万円の医療費がかかっているので、これを12ヶ月で割って高齢者の自己負担分を引くと、1ヶ月あたり約4万円になる。この医療費も、働く人が負担しなければならないんだ。つまり、高齢者1人当たり月額約19万円もかかることになるんだよ」

「……それの何が、問題なんだ？」

その質問に、翔太が語気を強めた。

「兄さん、よく考えてくれよ。高齢者だけじゃなくて、働く人自身にも医療費は必要だし、所得税だって払わなくちゃいけないんだよ。そうなったら、例えば、月額40万円で働いている人が、1人の高齢者を支えるとすれば、約25万円が社会保険料や所得税で取られてしまって、手元には15万円しか残らなくなってしまうんだ。将来、そんな社会になると国が突然発表したら、兄さんは納得できるの？」

宗一郎は「それは嫌な話だな」と重い口調で答えた。しかし、すぐに「でも——」と、疑問に思ったことを口にした。

「日本に住んでいる人たちが、全員、厚生年金をもらっているわけじゃないだろ。国民年金をもらっている人だって、多いはずだぞ。国民年金でどれくらいもらえるか、分からないけど、厚生年金よりも安いはずだから、そこまで1人当たりの負担は重くならないんじゃないのか」

「兄さんの言うとおりだよ。国民年金なら、月額平均は5万円に下がるから、そこまで働く人の負担は大きくならない。それでも、さっきの月額約4万円には、入院したり、手術したりする医療費は含まれていないんだ。さらに、さっきの計算には入れてないけど、40歳を超えると、介護保険料も払うことになる。高齢者が増えれば、介護保険を使う人も増えるから、その増加分も働く人が負担しなきゃいけないんだよ」

「介護保険か……確かに、介護付きの老人ホームが入居者を募集中っていうチラシが、毎週のように新聞に入っているよな」

宗一郎は、再び腕を組んで唸った。

「これを根本的に解決するためには、老人の数を減らすしかないんだよ。でも、政府が会見で、『みなさんが、こんなに長生きするとは、発表できなかったので、これからは長生きしないようにしましょう』とは予想できないよね」

宗一郎は、今まで自分が日本の将来をかなり楽観視していたことに気がついた。このようなニュースは、テレビでチラチラと目にしていたが、あえて考えずに日々の生活を送っているところがあった。翔太が悲観的なのではなくて、むしろ、日本の現実を直視していない自分のほうが、脳天気すぎるのかもしれない。言葉に窮している宗一郎に、翔太がさらに話を振った。

「それに、兄さんの将来だって、今後どうなるか分からないよ」

「おいおい、俺の就職先の会社がつぶれるって、言いたいのか？」

「倒産するなんて一言も言ってないだろ。俺は預言者じゃないから、そこまでは分からないよ。ただ、入社するときの倍率が高い人気の会社ならば、それだけ同期に優秀な人材が多くなるから、出世は難しいはずだよね。そもそも広告代理店という事業は、日本の経済状況に大きく左右されるから、将来的には売上が下がっていくかもしれない。そうなると、会社のポストも年々減って、出世競争から脱落する確率は、ドンドン高くなっていくんじゃないかな。そうなると――」

翔太は、大きな目で宗一郎をじろっと見ると、「将来は、茨《いばら》の道になりそうだってこと」と落ちついた口調で言葉を付け足した。

宗一郎は、高校生の翔太の意見が、あながち見当違いではないと思った。新卒の同期で１００名が入社して、そのうち、課長職につけるのが約半分。さらに、その10分の１の５名が部長職につき、取締役につけるのが、そのうち１名となる。そう考えると、100名の同期のうち、99名が出世競争から脱落することが、すでに確定しているのだ。しかも、60歳で定年を迎えたときに課長にもなっていなければ、65歳までの再雇用先は、本社ビルの駐車場係という噂《うわさ》を、先輩から真《まこと》しやかに教えてもらっていた。いや、それどころか、60歳の定年を迎える前に辞めていく社員も多いという話もあるぐらいだ。

「『高卒よりも、大卒のほうが、給料は高くなる』と断言できるのは、もう昔の話だよ。今では、それが当てはまるのは、一流と呼ばれる大学に行って、出世競争にも勝ったごく一部の人たちだけさ。その他大勢の人たちは、地位は不安定で、給料も上がらず、リスクが高い人生を送ることになるんだよ。それに比べたら、高卒で早い時期に消防士になったほうが、よっぽど安定した人生が送れるはずだ」

すでに宗一郎は、翔太に反論する気持ちもなかったし、言わんとしていることも十分に理解できた。しかし、それでも、翔太の提案する生き方を、羨《うらや》ましいとは思えなかった。しばしの沈黙のあと、考えを整理した宗一郎は、ゆっくりと口を開いた。

「確かに、生涯年収で仕事を選ぶことも、ひとつの考え方だと認めるよ。しかし、そんなに生涯年収を気にしながらお金を貯めて、お前、一体何がしたいんだ？」

「何って——そりゃ、老後のための貯金だよ」

宗一郎は「ちょ、ちょきん！」と、大声で叫んだ。

「おいおい、翔太！　お金は貯めるものじゃなくて、使うものだろ。お前、使う目的もないのに、生涯年収を、そこまで気にしているのかよ」

「だから、使う目的は、ちゃんとあるよ」

「なんだよ、言ってみろよ」

「定年したあと、老後に使うんだよ」

翔太の答えに、宗一郎は「はぁあああ？」と、再び大声で聞き返した。

「なんだ、そりゃ。老後に金を使ったって、ちっとも面白くないだろ」

翔太は、顔を真っ赤にして反論してきた。

「面白いとか、面白くないとかの問題じゃないだろ。65歳で定年したときに貯金がゼロだったら、みじめな最期を迎えることになるだろ。俺は、そんな悲惨な人生は、絶対に嫌なんだよ！」

「悲惨も何も、やりたいことのためにお金を使わずに人生が終わってしまうほうが、よっぽどみじめだろ。お金は使った瞬間が、一番楽しいんだぞ。それで、欲しいモノを手に入れて、美味しいモノを食べて、幸福感が満たされるんじゃないか。若いときに、その楽しみを我慢するなんて、いくらなんでも、もったいなさすぎるだろ」

翔太は「それは、お金を使いたい人の論理だね」と、大きなため息をついた。

「『お金は使わなければ、楽しくない』という考え方に、俺は賛同できないね。お金は使わずに貯めるものであって、いざというときのために取っておくことで、初めて安心感が得られるもんなんだよ。兄さんも覚えてるだろ？　子どものとき、お金がないという理由だけで、義父に頼るしかなかった苦い経験をさ。あんな生活に、俺は戻りたくないんだ」

翔太は顔を歪《ゆが》めながら、拳に力を入れて話し続けた。

「今の兄さんみたいに、高級ブランドのスーツを買ったり、時計を買ったり、鞄を買ったりすることに、反対はしないよ。だけど、そういう高級品を持つことが、将来の安心感に繋がっているとは、到底思えないんだ。俺は兄さんと違って、お金を貯めることで、20年先、さらには50年先までの人生の安心感を持ちたいんだよ」

宗一郎は、お金に対する考え方は違うかもしれないが、執着心は翔太と同じだと感じた。小学生時代に母を亡くし、義父に虐待され、児童養護施設での、貧しくて不安定な生活を脱したいという一心で、今まで2人で手を取り合ってがんばってきた。その中で、宗一郎は、他人よりも、よい物を身に付けたり、持ったりすることで見栄を張り、過去の貧しい体験を払拭《ふっしょく》しようとしていた。それに対して、翔太は、お金を貯めることで、不安定な人生に戻らない方法を選ぼうとしている。正反対で相《あい》容《い》れないように見える2人の考え方も、根本では同じなのだ。

しかし——兄として、やはり翔太に大学には行って欲しいという気持ちは揺るがなかった。翔太の高校での成績がそれほどよくないことも、もちろん知っていた。だが、大学進学率が50％を超えるこの時代に、高卒で社会に出ることは、将来、大きなハンディを背負うことになるのは明らかだった。宗一郎は、翔太の情に訴えてでも、もう一度、説得しようと試みることにした。

「翔太の意見も理解できるが……もう一度、将来について、じっくり考えてもいいんじゃないかな。これはお前の意見が間違っていると言っているわけじゃない。たった1人の身内の兄として、あとから、後悔するような選択だけはして欲しくないんだよ。本当に、心の底からお前のことを心配しているんだぞ」

翔太は、口を一文字にぎゅっと閉じると、そのまま俯《うつむ》いてしまった。そして、兄の心配する気持ちを汲《く》み取ったのか、小声で「分かった」と言うと、そのまま黙り込んでしまった。

宗一郎は「少し、言いすぎたかな」と思いながらも、気まずくなった雰囲気を変えようと、何気なく、ズボンのポケットから、タバコと100円ライターを取り出した。

「あれ、タバコ、まだ吸ってたの？」

宗一郎は、「まぁな」と言って、ライターを握り締めた。

「体に悪いし、服にタバコの臭いもつくし、いいことなんて、何もないじゃん。もう、やめたら」

「タバコを吸うと、リラックスできるんだよ。それに、美味《うま》いんだ」

「そんな自分を騙《だま》したようなリラックスに、いくらお金を使ってんだよ。タバコ1箱で300円もするじゃないか。1年間、タバコを吸わなければ、健康になるだけじゃなくて、ものすごい節約にもなるよ」

宗一郎は「はい、はい」と聞き流しながら、ライターの着火ボタンを押し続けていたが、液体ガスがないのか、なかなかタバコに火が点《つ》けられなかった。戸惑っている宗一郎をよそに、翔太はさらに話を続けた。

「兄さんは、タバコが美味しいって、錯覚しているだけなんだよ。例えば、ラーメンがどれほど好きな人だって、毎日3食、食べていれば、いくら美味しくても飽きてしまうだろ。それなのに、タバコは毎日どころか、数時間ごとに吸っても飽きない。それは、タバコが美味しいんじゃなくて、ニコチン中毒で、吸いたくなっているだけなんだよ」

宗一郎は「分かった、分かった」と言って、さらに強い力でライターの着火ボタンを押し続けた。しかし、それでも、ライターに火が点く気配はまったくなかった。宗一郎は、ライターを蛍光灯《けいこうとう》に照らして覗《のぞ》きこんだ。その中身にはまったく液体らしきものが見当たらなかった。

「ちっ、ガス切れか。えっと、鞄の中に、他のライターが入っていたはずだな」

宗一郎は立ち上がって、ライターをゴミ箱に投げようとした。すると、翔太が立ち上がって「貸して」と、手を伸ばしてきた。

「いくらやっても、無駄だぞ。なにせ、ガスがないんだからな」

「そんなこと、分からないだろ」

翔太は、真剣な眼差《まなざ》しでじっとライターを見つめた。

「兄さん」

「なんだよ」

「俺と、賭《か》けをしない？」

宗一郎が「は？」と聞き返すと、再び、座りなおした。

「もし、俺がこのライターで、タバコに火を点けることができたら、俺が高卒で消防士になること、認めてくれるかな」

翔太は大きな目をクリクリさせながら、宗一郎の顔を覗き込んできた。宗一郎はその問いかけに一瞬、不安な気持ちを過らせたが、何度もそのライターでは着火を試みたし、ガスだって、空っぽなことを自分自身で確認している。

「分かった、その賭けに乗るよ。その代わり、火が点かなかったら、大学に行くって約束してくれよ」

翔太はニヤリと笑って「約束だよ」と言って、再びライターを大きな目で睨みつけた。

それから5分程、翔太は、ずっとライターの着火ボタンを押し続けた。

「何度やっても、無駄、無駄」

宗一郎は茶化したが、翔太はそれを無視して、ひたすら着火ボタンを押し続けた。タバコを吸いたい宗一郎は、苛立《いらだ》ちを覚え始めた。

「もう、諦《あきら》めろよ」

「嫌だね」

「何回やっても火は点かないぞ。ガスがないんだからさ」

「いや、これからだ」

「お前が、ムキになる気持ちは、分かるけどさ」

「賭けに乗ってきたのは、兄さんだろ」

「最初に言いだしたのは、お前だろ」

言い合いになったところで、翔太は「あーっ」と悲鳴のような声をあげて、頭をくしゃくしゃにすると、「集中できないじゃないか！」と、大声で叫んだ。

「そんなにタバコが吸いたいんだったら、一緒に、このライターに火が点くことを祈ってくれよ！」

宗一郎は〝火が点いたら、俺の負けだろ〟と思いつつも、こんなに待たされるんだったら、何でもいいから早く火が点いてくれと、投げやりな気持ちになった。

その瞬間、翔太が握《にぎ》っていたライターから、突然、炎が浮かび上がった。呆然《ぼうぜん》とする宗一郎に向かって、翔太がニヤリと笑った。

「ほら、タバコ出して」

宗一郎は慌てて、くわえていたタバコを火に近づけて、大きく息を吸い込んだ。すると、タバコの先に、線香花火のような小さな火が灯《とも》り始めた。

「俺の勝ちだね」

翔太は、頬《ほお》を緩《ゆる》めながら立ち上がると、テーブルの上にあった食器を片付け始めた。宗一郎は、苦虫を噛《か》みつぶしたような表情で、再び机の上にあったライターに手を伸ばした。何度も着火ボタンを押してみたが、火が点く気配はまったくない。再びライターのケースの底にも目をやったが、やはり一滴たりともガスは見当たらなかった。

「俺、消防士になるからね」

翔太は台所から、大声で話しかけてきた。宗一郎は「勝手にしろ」と叫ぶと、タバコの煙を天井に向かって吐き出した。

とっさに、翔太がなぜ、消防士になりたいのか、問いかけたくなった。もし、生涯年収が高いという理由で公務員になりたいのであれば、消防士でなくても、市役所の職員でも、警察官でも、公務員の仕事は、いろいろある。

その中で、なぜ、あえて消防士の道を選んだのか――。

宗一郎は、小学生のころ、火災の中で翔太が不思議な力を発揮したことを思い出した。義父の顔を炎で包み、火を自由自在に操り、逃げ道を作り出したあの光景――目の前でガスがないライターに火を点けるのを見て、宗一郎はほんの少しだけ、背筋が寒くなる感覚があった。

「ちょっと外で、タバコ吸ってくるよ」

気分を変えたくなった宗一郎は、そのままタバコをくわえながら玄関に向かい、サンダルを履《は》いて表に出た。そして、アパートの通路の手すりに肘《ひじ》をかけて、タバコの煙を夜空に向かってゆっくりと吐き出した。

しばらく、ぼんやりとタバコを吸っていると、玄関ドアの横の郵便受けに、白い封筒が入っているのが目に入った。封筒に〝速達〟の赤いハンコが捺《お》してあり、おそらく、昼間のうちに届いたのだろう。宗一郎は、何気なく、その封筒を手に取った。そして差出人の名前を見た瞬間、身体が石のように強張《こわば》ってしまった。

「横田憲明」

義父からの手紙だった。火事で病院に運ばれてから、もう10年近く会っていない。やけどは治り、かなり回復して退院したと、親類から教えてもらったことがあった。しかし、そのあと、どこに住み、どのような生活をしていたのか、宗一郎や翔太に連絡は一切なかった。

宗一郎は、複雑な思いを胸に抱きながら、震える手で封筒をゆっくりと開けた。すると、一枚の便箋《びんせん》に、走り書きがあった。

「宗一郎、翔太、お前ら兄弟に、会いたい」

その一文の横には、義父の住んでいる住所が書かれていた。しかし、それを確認する前に、宗一郎はその便箋を封筒ごと破り、近くにあったゴミ置き場のポリバケツの中に投げ捨てた。

「兄さん、どうしたの？」

アパートの部屋の中から、翔太の声が聞こえてきた。宗一郎は一瞬、言葉に詰まったが、「ネコがいたんだよ」と、努めて明るく答えた。宗一郎は一瞬、言葉に

「誰が、会うかよ。クソ野郎が」

宗一郎は心の中でそう叫ぶと、何事もなかった表情でアパートの部屋の中に入っていった。

金銭感覚は仕事によって培《つちか》われる

入社して、3ヶ月後――。

宗一郎は、テレビCMの営業部で、飲料水メーカーを担当するチームに配属された。

最初に担当したのは、ビールメーカーの業界でシェア1位の「アセン」だった。アセンの広告責任者である藤野《ふじの》部長は、器用に動き回る宗一郎のことをとても気に入り、新しい仕事を次から次へと発注してくれた。そのため、宗一郎は入社して、すぐに営業成績を伸ばすことになり、社内でも一目置かれる存在

となった。

そんな経緯もあり、宗一郎にとって、藤野部長は、もっとも大事にすべきクライアントの1人になっていった。この日も、藤野部長の誘いで、赤坂の高層ビルにあるレストラン街で、イタリア料理に舌鼓《したつづみ》を打っていた。

「藤野部長が選ぶお店は、いつも美味しいところばかりですね」

嬉しそうに話す宗一郎に対して、藤野部長は「実は――」と、声の大きさを少し落としながら、口を開いた。

「あまり知られていないことなんだが、このお店、うちの直営店なんだよ」

「えっ、そうだったんですか？」

「だから、キミを連れて何度も来ているし、どの料理が美味いのかも、よーく知っているんだよ」

「でも、アセンという会社名は、入口にも店内にも、まったく出していないじゃないですか」

宗一郎は、店内をきょろきょろと見回した。その姿が滑稽《こっけい》だったのか、藤野部長は頬を緩めながら、柔らかい口調で話を続けた。

「以前、ゴルフの帰りに、キミと一緒に行った和食屋があっただろ。あのお店も、実はアセンの直営の店なんだよ」

「ぜんぜん、気がつきませんでしたよ。でも、なぜ、会社名を出さないんですか？　どれも美味しいお店だから、会社名を前面に出したほうが、ブランディングにも繋がると思いますけど」

藤野部長はさらに声を潜《ひそ》めると、慎重な口調で言葉を繋いだ。

「うちって、ビールのメーカーだろ」

「はい。ビール業界で、ナンバーワンのシェアですよね」

「とすれば、当然、この店の隣にある居酒屋にも、またその隣にあるバーにも、アセンのビールを卸していることになるだろ」

「ええ、でも、それが何か問題でも？」

宗一郎のあっけらかんとした返答に、藤野部長は少しずっこけながらも、

「まだまだ、若いな」と言葉を繋いだ。

「よくよく考えてみろ。自分のライバル店が、アセンの直営店だと知ったら、みんな気分を悪くするだろ。それどころか、うちのビールを扱わない可能性だってある」

宗一郎は「なるほど」と、膝《ひざ》を叩いた。

「それで、こそこそ隠れてお店をやっているんですね」

藤野部長は笑いながら「こそこそ隠れてはいないだろ」と、手元にあったグラスビールを、一気に飲み干した。

「飲食店を直営でやる理由もちゃんとある。例えば、まだ市販されていない発売前のビールをお客さんに出したり、ビールに合うおつまみを開発したり、この店を運営することで、マーケティングのデータを取ることができるんだ」

宗一郎は大きな声で「それは凄《すご》い！」と叫んだ。

「確かに、アセンの会社の人が『この新しいビールは、美味しい』と感じても、一般のお客さんがどう感じるかは、分からないですからね」

宗一郎は、早速、鞄の中からノートを取り出して、今、藤野部長から教えてもらったことをメモに取り始めた。しかし、藤野部長は、マジメにメモを取る宗一郎の姿を見て、「クックククク」と口元を押さえながら、笑い始めた。

「……何が、おかしいんですか？」

「いや、ごめんよ、ごめん。実は、今の話、全部、ウソ」

「えっ、ウソ？　直営店じゃないってことですか？」

「そこは、ホントだよ。マーケティングのために飲食店をやっているということが、ウソ。いやー、キミは、新人だから、コロッと騙されるね」

藤野部長は、こらえられなくなったのか、ゲラゲラと声に出して笑った。

状況がうまく飲み込めない宗一郎は、もう一度「ウソなんですか？」と藤野部長に問いただした。

「マーケティングのために、わざわざ飲食店を経営するなんて、そんな非効率なことはしないさ」

「では、なぜ、アセンがお店を持っているんですか？」

藤野部長は、淡々と話し始めた。

「日本は少子高齢化だろ。しかも、今の若者はビールを飲まない。20代に関しては、30％がビールを飲まないという統計データもある」

「私が大学生のときも、女性はほとんどお酒が飲めませんでしたね。新歓コンパだって、居酒屋じゃなくて、カフェでやっていましたから」

「だろ。だからうちの会社も、ビールだけで売上をずっと伸ばし続けるのは無理だって、分かっているんだよ。だから、飲食業界に進出して、事業の多角化をすることでリスクを減らそうとしているんだ。将来は、飲料水メーカーじゃなくて、外食チェーンになっているかもしれないな」

藤野部長の話を聞いて、宗一郎は少しだけ不安な気持ちを胸に抱えた。今のアセンは、飲料水メーカーなので、自分のチームが担当しているが、外食チェーンとなれば、営業部の中でも違うチームが担当することになってしまう。そうなると、せっかく可愛がってもらっている藤野部長との縁も切れてしまうかもしれない。

「じゃあ、将来……アセンは、牛丼屋を始めたりするんですか？」

宗一郎は、漠然《ばくぜん》とした不安を口にした。すると、藤野部長は「それは、ない」と、強く否定した。

「ビールは、ハッキリ言って、そんなに味が大きく変わらない飲み物だろ。だから、どうしても価格競争になってしまうんだよ。うちの会社もコストを下げろと言い続けて、もういい加減、疲れちゃったんだ。だから、これから展開する飲食店は、価格競争とは真逆の、高級路線の店作りを狙《ねら》っている。ほら、最近話題の『バックスコーヒー』ってあるだろ。あれなんかも、うちの会社が運営しているんだぞ」

「えっ、バックスコーヒーって、有機栽培のコーヒー豆を使って、一杯、500円もする高級コーヒーを出すお店ですよね」

「そう、あの店も、アセンがやってんだよ」

宗一郎は「大企業は、やっぱり頭がいいなぁ」と、感心しながら大きく頷《うなず》いた。それを見て、藤野部長は急に真顔になり、静かな口調で宗一郎に向かって話し始めた。

「いいかい、世の中にはな、いつでも表と裏があるものなんだよ」

「表と、裏、ですか？」

「表だけを見て行動していると、いつかライバルに出し抜かれてしまう。だから、必ず、その裏にある本質まで、見抜かなくてはいけないんだ」

その言葉に、宗一郎は大きく頷いた。そして、藤野部長の話を聞くことは、人生で大きなプラスになると心の底で強く思った。自分の知らない世の中の仕組み、そして会社の中で勝ち抜いていくための処世術を、藤野部長はいつも余すことなく、自分に教えてくれる。これほどビジネススキルの高い人物と出会うことができたのも、やっぱり大手広告代理店で働いているからこそのメリットだと、宗一郎は改めて思った。

イタリア料理店を出ると、藤野部長と宗一郎は、行きつけの銀座のクラブに向かった。

「これからは、大人のクラブ活動の時間だ」

藤野部長は、ホステスを両脇に座らせて、楽しそうにお酒を飲み始めた。

終電の時間も過ぎて、ほどよく酔いも回り始めたころ、藤野部長が上機嫌で宗一郎の肩を叩いた。

「おい、宗一郎！」

「はい、なんでしょうか」

「〝義兄弟の契《ちぎ》り〟って知っているか？」

初めて聞く単語に、宗一郎は、「すみません、知らないです」と恥ずかしそうに答えた。すると藤野部長は、「じゃあ、教えてやるよ」と、手元のウイスキーのロックを一気に飲み干した。

「『義兄弟の契り』っていうのはな、『三国志』に出てくる、劉備《りゅうび》、関羽《かんう》、張飛《ちょうひ》の3人が、生死を共にする誓いをした逸話から、生まれた言葉なんだ」

「でも、その3人って、血は繋がっていないですよね？」

宗一郎の言葉に、藤野部長は「バカヤロー」とおしぼりを投げつけた。

「だから、この誓いには意味があるんだよ。血の繋がらない他人同士なのに、お互いの命が尽きるまで人生を共にしようと誓ったんだぞ。これぞまさに、男と男の究極の友情だと思わないか」

藤野部長は宗一郎の肩に手を回し、ぐいっと自分のほうに引き寄せた。

「俺たちも、義兄弟の契りを交わさないか」

「えっ、私と、藤野部長が……ですか？」

「そうだ。ビジネスの世界は、勝てば生きられて、負ければ死あるのみ。この2つの道しかない。この厳しい世界で、俺は宗一郎と義兄弟の契りを交わして、共に勝ち続ける人生を歩みたいんだ」

藤野部長は、テーブルの上にあった氷入れに、ウイスキーをいっぱいに注いだ。そして、それを両手で摑《つか》むと、ゴクゴクと飲み始めて、半分ぐらい飲んだところで、「ぷはーっ」と大きな息を吐いた。

「さぁ、この半分をお前が飲め。これで俺たちは、今から義兄弟だ」

この言葉に、宗一郎は胸が熱くなった。今まで身内は弟の翔太しかいなかったが、新たにもう1人の兄ができて、家族が増えたような気分になった。

「はい！　ありがとうございます！」

宗一郎は、氷入れを両手で摑むと、残り半分のウイスキーをゴクゴクと飲み干した。

クラブでの二次会が終わりにさしかかると、宗一郎は酔っぱらって足元がフラフラになりながらもレジに行き、2人分の代金を払った。いつも一次会のお店では、アセンが経営している飲食店ということもあり、藤野部長が代金を払ってくれた。そして、二次会のクラブに関しては、接待ということで、宗一郎が支払いを持つのがお決まりのパターンになっていた。

最初のころは、2人で飲んで、1回8万円というクラブの料金に腰を抜かしそうになった。しかし領収書があれば、これらのお金が、すべて会社の経費として落ちることで、宗一郎の金銭感覚は、次第に麻痺《まひ》していった。

「義兄弟よ、また来月に、新しい仕事を発注するぞ、ガッハハハハハ」

こんな接待を何度も続けるうちに、宗一郎は銀座の夜にお金をつぎ込むことに、何の疑問も持たなくなっていった。

A THRIFTY MAN

第2章

給料も人並み、お金を貯める気もあるのに、なぜ、口座残高はゼロなのか？

――小さな節約を積み重ねなければ、
お金なんて貯まらない

& A SPENDTHRIFT MAN

横田宗一郎／25歳
横田翔太／21歳

消防士長の棟方《むなかた》が帰ろうとしたとき、横田翔太が仕事をしている姿が目に入った。

「残業か？」

「はい、まだ出動報告書が完成していなくて」

「あと、どのくらいで終わる？」

「15分もあれば」

「じゃあ、待っててやるから、今日、帰りに一杯どうだ」

棟方は、指で酒を飲むしぐさをして見せた。

「えっ、自分と２人で……ですか？」

「他に誰がいる」

「ありがとうございます！」

翔太は立ち上がり、腰を直角に曲げて礼を言った。

新宿消防署を出て２人が向かったのは、近くにある小さな居酒屋だった。店内には焼き鳥を焼く煙が充満し、ほぼ満席状態の店内で、小さなテーブル席に腰をかけた。

「お前と２人で飲みに行くのは、初めてだな」

「はい」

翔太は短く返事をすると、机の上に運ばれてきた焼き鳥を、おいしそうに頬《ほお》張《ば》った。

「署の人間とは、誰とよく飲みに行くんだ？」

「誰とも、飲みには行きません」

翔太はそう答えると、淡々とした口調で言葉を繋《つな》いだ。

「自分はお酒が飲めないんです。それなのに、割り勘でお金を払うのはバカバカしいじゃないですか。それに、飲まないので楽しくもないですから、行きたいとも思いません。だから、誘われても、すべて断っているんです」

棟方は驚いたものの、それは、ある程度、予想していた翔太の回答でもあった。

翔太は、異常なぐらい、貧乏性――。

1週間前、棟方は、翔太の先輩である和田《わだ》から相談を受けていた。

「私の誘いに、まったく応じないんですよ」

温厚な和田が息巻いて話すぐらいだから、よほど翔太は無礼な断り方をしたのだろう。棟方は和田の気持ちをなだめながら、やんわりとした口調で話し始めた。

「まだ職場に馴染んでいないだけだろ。もう少し長い目で見てやったらどうだ」

「馴染んでないはずありませんよ。翔太はここの署に来て、もう3年目なんですよ。それなのに、飲みに誘ってやっても、無碍《むげ》に断ってくるし、署の部活にも参加しない。自主トレーニングの予定も、無視を決め込む。あいつに自分勝手な行動を取られると、先輩として私の立場がなくなるし、これから入ってくる後輩にも示しがつきません。それに――」

和田はちょっとだけ、発言を躊躇《ちゅうちょ》する表情を浮かべたが、意を決したように、重い口を開いた。

「翔太は、異常なぐらい、貧乏性なんです」

「貧乏性？」

棟方は首をかしげながら、言葉を繋いだ。

「私だって貧乏性だぞ。最近は家の住宅ローンのせいで小遣いが減ったから、かなりの節約家だ。それに世の中は、まだ東日本大震災の影響で、不景気な状態が続いているからな。むしろ節約している人のほうが多いかもしれないぞ」

棟方は、笑いながら、机の引き出しの中から、節約術の本を1冊取り出した。しかし、和田はそれを手に取ることなく、語気を強めて話し続けた。

「そんな節約術のレベルは、とうの昔に超えているんですよ。本当に異常ともいえるレベルなんです。例えば、あいつ、毎朝、江戸川区にある自宅から、新宿消防署へ来るのに、2時間かけてやって来るって、ご存知ですか？」

「2時間？　そんなにかかるわけないだろ。地下鉄を使えば、新宿まで30分もかからんぞ」

「地下鉄じゃなく、自転車で通勤しているんです」

「健康に、気を使っているんじゃないのか？　もしくは、通勤手当を浮かすためとか――」

和田は、大きく頭を振りながら、話を続けた。

「その目的もあると思います。でもあいつ、通勤途中にある自動販売機の下を覗《のぞ》きながら、出勤してくるんですよ。そのための自転車通勤なんです」

「なんで、そんなことをするんだ？」

「自動販売機の下に落ちているお金を、拾うためなんです。たまたま、あいつが自動販売機の下を覗いているのを見つけたので声をかけたところ、タバコと酒の自動販売機の下には１００円玉が多いと、嬉しそうに話してきたんです」

「まるで、小学生だな……」

「ジュースの自動販売機の下には10円玉、ビールの自動販売機の下には50円玉が多いそうです。ちなみに、コンドームの自販機は、焦《あせ》って買う人がお釣りを取り忘れるらしく、つり銭口にジャラジャラと小銭が入っている確率が高いようです。土曜日の夜が狙《ねら》い目だと言ってました」

「なんだよ、その訳の分からんプチ情報は」

あきれながら話す和田に対して、棟方は頭を抱え込んだ。

「それだけじゃないんです。翔太は非番の日になると〝遠征〟するみたいで、通勤途中以外に置かれている自動販売機のつり銭も、漁《あさ》り回っているらしいんです。先日も、火災現場に駆け付けたときに、その周辺にある自動販売機の位置を、すべて把握していましたからね」

「でもそれは、ある意味、貧乏性とは違うだろ。そこまでやったら、趣味の延長線上のような気もしてしまうがね」

棟方の言葉に、和田は不満そうな表情を浮かべた。

「それだけじゃないんです。あいつ、ティッシュで鼻を拭《ふ》くんですが、何回も同じティッシュを使って、鼻を拭くんですよ。もったいないからと言って、ティッシュが鼻水でグチョグチョになるまで使うから、見ているこっちの気分が悪くなりますよ」

そのシーンを思い浮かべた棟方も、不愉快そうな表情を浮かべた。そして、和田は「まだあります」と苦々しい顔をしながら、さらに言葉を繋いだ。

「あいつ、人が食べた残り物とかを、平気で食べるんです」

「どういうことだ？」

「お弁当やおやつの残り物を見ると、『それ、もう食べないですか？』と必ず聞いてくるんです。それで、こっちが、『いらないよ』と答えると、すぐに『俺にください』と言って、食べてしまうんです」

「それは……確かに異常だな」

さすがの棟方も、言葉に窮した。

「だから、私が飲みに誘っても、それに応じることなんてありえません。自分がお酒を飲めないからではなく、きっとお金を貯めたいからだと思います。でも、このままじゃ、翔太はこの新宿消防署の中で孤立してしまいますよ。あれは明らかに、周りの人を不愉快にさせる貧乏性です。誰かが、あいつに社会の常識を叩き込んでやらなければいけません」

メインバンクの賢い使い方

棟方は、注文した梅キューを、美味《おい》しそうに舐《な》めまわす翔太を見つめていた。

おそらく、今日は上司の誘いだから、おごってくれることを予測して、棟方の誘いに乗ってきたのだろう。先ほどから、上司である棟方を無視して、注文したものを次から次へとお構いなしに食べ続けている。和田の言うとおり、翔太は相手を不愉快にさせる貧乏性の匂《にお》いが、プンプンと漂ってくる。

「翔太、ちょっといいか」

「なんでしょうか」

「お前は、高校を卒業してすぐに消防士になって、3年しか経《た》っていない。だから、社会の常識がないようだが……こういう食事の席で注文したものは、自分1人で食べるものじゃないんだぞ」

翔太は「えっ」と、梅キューを食べる手を止めた。

「もう少し、周りに気を使え。私はさっきから、何も食べていないぞ」

「す、すみません」

翔太は、気まずそうな声を上げた。

「こういうときはな、『相手も、このくらい食べるかな』ということを想定しながら、食べ物を残しておかなければいけないんだ」

翔太は「なるほど」と相槌《あいづち》を打つと、梅キューを1本口に放り込んだ。そして、梅の部分だけを舐めまわすと、もう一度、口からキュウリを取り出して棟方に差し出した。

「どうぞ棟方士長、お食べください」

「……キミは、バカかね」

「は？　キュウリじゃなくて、梅のほうを、食べたかったですか？」

棟方は、頭を抱え込んだ。しばしの沈黙のあと、「もういいから、それ、食べてしまえ」と言うと、翔太は「では、いただきます」と、嬉しそうにキュウリを頬張った。その姿を見て、食べ物からは話題をそらしたほうがいいと思い、棟方は別の会話を振ってみることにした。

「そういえば、翔太は、江戸川区に住んでいたよな」

「はい、都営新宿線の『篠崎駅《しのざき》』の近くです」

「おおっ、そうか。実は俺の生まれは、千葉県の『本八幡駅《もとやわた》』の近くなんだよ。篠崎駅の次の駅だな」

篠崎駅と本八幡駅は、江戸川を挟んで隣り合っている。この川が、千葉県と東京都を分ける境界線でもあった。棟方はこの共通の話題で、翔太との話を盛り上げようと考えた。

「ところで、なんで翔太は篠崎に住んでいるんだ？　東京消防庁では、できるだけすぐに駆けつけられるように、管内に居住することを勧めているだろ。その中でも、新宿消防署だったら、中央線や東西線沿いの中野駅あたりのほうが、近いんじゃないのか」

「いえ、中野に住んでしまうと、千葉が遠くなってしまうんです」

「おいおい、別に、住むところが千葉に近い必要はないだろ」

棟方が笑いながらそう言うと、翔太は首を横に振って、「物価は、明らかに千葉のほうが安いんです。それに、利用したい銀行もあるんです」と真顔で答えた。

「物価って……千葉のほうが少しは安いというイメージはあるが、そんなに違うものなのか？　それに、銀行と住むところには、何も関係はないだろ」

翔太はその質問に「ふーっ」とため息をつくと、少し鼻にかけたような口調で、ゆっくりと説明を始めた。

「いいですか？　東京都の消防士は、都市銀行である東京ＡＢＣ銀行に給料が振り込まれるから、そのまま使う人が多いですよね」

「ああ、そうだ。俺も家の近くの東京ＡＢＣ銀行の窓口やＡＴＭに行ってるな」

「でも、私は東京ＡＢＣ銀行を使うのが嫌だから、千葉県の地銀の『千葉カモメ銀行』に預け替えをしているんです」

「おっ、もしかして東京ＡＢＣ銀行よりも、千葉カモメ銀行のほうが、金利が高いのか？」

住宅ローンに追われていて、その返済をラクにしたい棟方は、身を乗り出して翔太の話に聞き入った。しかし、翔太はゆっくりと首を横に振り、淡々と話を続けた。

「今の銀行は、大口の預金者でないかぎり、金利はどこも、ほぼ同じです。だから、できるだけ窓口やATMが混雑しない銀行を選んだほうがいいと思っているんです」

「ん？　なんで、混まない銀行のほうがいいんだ？」

「まず、並ぶ時間が短くてすみます。銀行の待ち時間ほど、無駄なことってないじゃないですか。自分は、東京ABC銀行と千葉カモメ銀行の両方を調べて、東京ABC銀行のほうが、窓口で待たされたり、ATMに並んだりする時間が圧倒的に長いことが分かったんです。さらに、他の都市銀行と比べても、東京ABC銀行は支店やATMの設置数が少なくて、不便なんです。でも、篠崎駅には、千葉県の隣の駅ということもあって、千葉カモメ銀行の支店があるんです。ATMの数にも不満はないし、自分のメインバンクとして、東京ABC銀行よりも、千葉カモメ銀行を使ったほうが便利だと、判断したんです」

棟方は、〝銀行を選ぶ〟という概念がなかったので、軽いショックを受けた。そもそも、銀行なんて、どこを使っても同じで、代わり映えしないと思っていた。しかし、翔太の言うとおり、東京ＡＢＣ銀行の窓口はいつも混んでいて、新宿支店では30分待ちになることも、ざらにあった。ＡＴＭの数も少なく、長い行列になっていると、それを避けてコンビニでお金を下ろすことも多く、結果的に無駄な手数料を払ってお金を引き出すことが度々あった。

翔太は、揚げだし豆腐の汁をすすりながら、さらに自慢げに話を続けた。

「それに、都市銀行よりも、地方銀行のほうが、住宅ローンなどのお金を借りるときに、融資の基準が甘いんですよ」

「どういうことだ？」

「例えば、消防士の平均年収が５００万円だとした場合、家を買うために、都市銀行に申し込むと、だいたい30年間の返済で、３５００万円の融資がめいっぱいです」

「ちょっと待った！　その融資額は……だいたい銀行で決まっているものなんじゃないのか？　交渉次第では、もうちょっと借りられたりするのか？」

棟方は身を乗り出して、質問してきた。

「どこの都市銀行へ行っても、だいたいこんなもんですよ。５００万円の年収であれば、1年間で返済に回せる限度が、その30％の150万円と相場は決まっているんです。でも、これが地方銀行であれば、年収の35％の175万円が返済に回せる上限と見てくれるので、4500万円の融資が受けられるんですよ」

「おいおい、同じ銀行なのに、なぜ、そんなに差が出るんだ？」

棟方の声が上ずった。なぜならば、2年前に棟方が家を購入したとき、東京ABC銀行に融資を申し込んで、苦い思いをした経験があったからである――。

2年前、棟方が住宅ローンを組もうと思ったときのことである。

当時、頭金にする貯金がなかったこともあり、東京ABC銀行から返済期間30年で、やはり3500万円の住宅ローンが上限だと告げられたのだ。ところが、妻が希望した一戸建ては4000万円だった。しかも、妻がオプションで、キッチンやお風呂をグレードアップしたがり、さらには、登録免許税や司法書士の手数料もかかり、加えて、カーテンや家具を含めると、諸費用で500万円が追加になると試算されていた。棟方は諦《あきら》めて、「他の物件を探そう」

図３　棟方士長の住宅購入のための資金調達

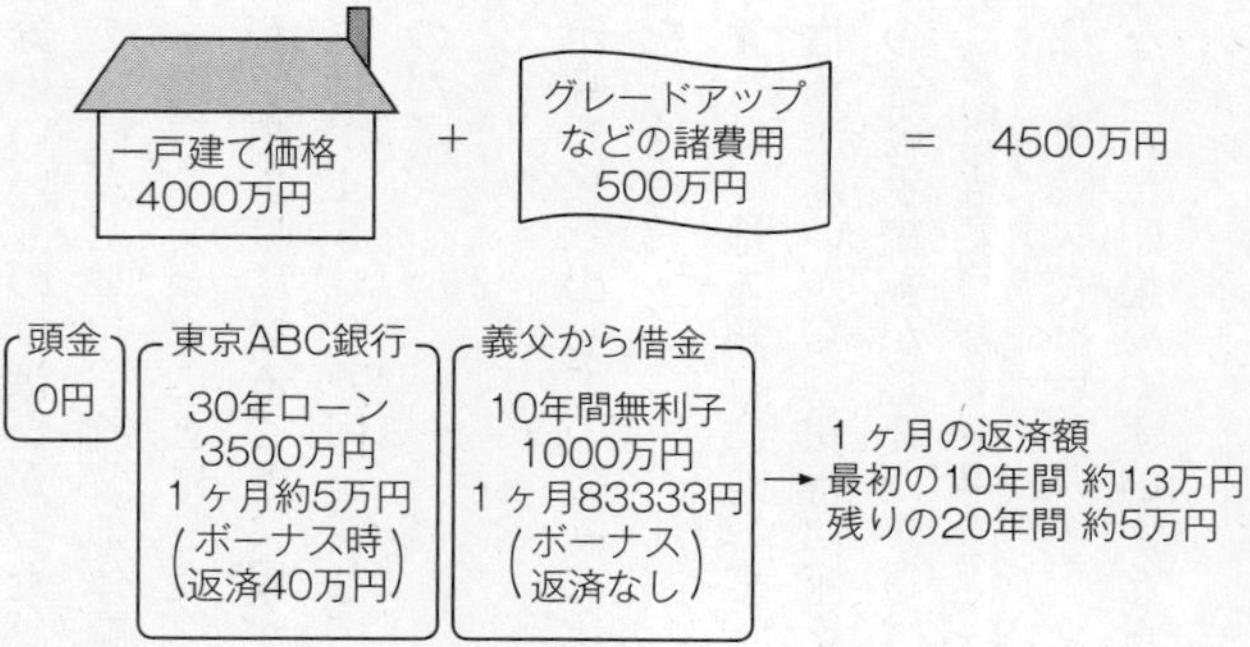

と提案したが、妻はその一戸建てをえらく気に入ってしまい、結局、妻の父親である義父を口説いて、こっそり１０００万円を借りて、その物件を買うことになった。

しかし、義父は高齢なため、もし相続が発生した場合、未返済の部分は『貸付金』という財産として残る。つまり、遺産分割の対象となってしまうので、自分が内緒で１０００万円のお金を借りていたことが、妻の兄弟にバレてしまう。棟方は、自分のプライドとして、〝嫁の実家から、お金を借りた〟という事実は伏せておきたかった。それに、自分への貸付金が、遺産分割の話し合いに出てくることも、あまり気分のいいものではなかった。

そこで、悩んだ挙句、義父の体調や年齢を考慮して、10年で1000万円を返済する契約を交わすことにした。しかし、これが結果として、棟方の毎月の小遣いが予想以上に減ることに繋がってしまったのである――あのとき、東京ABC銀行が4500万円を貸してくれていれば、こんなことで悩む必要はなかったのだ。

棟方が身を乗り出しているのに比べて、翔太は冷静に、そして落ち着いた口調で話を続けた。

「都市銀行は、地方銀行に比べて、お金を集めるのが簡単なんです。まず、知名度と信頼が高いから、銀行口座を作る個人が多い。さらには、企業も振込や海外への送金手続きが必要だから、やっぱり都市銀行に口座を作ることが多いんです。その結果、お金を調達するコストが安くなり、企業に貸し出す金利も低くてよくなるんです」

「そんなにお金が集めやすいのなら、個人に、もっとたくさん貸してもいいだろう」

棟方が食ってかかると、翔太は「話は、最後まで聞いてください」と、さらに言葉を繋いだ。

「都市銀行は金利が安いから、大企業がお金を貸して欲しいと殺到します。売上や利益が安定している大企業に、一度に何十億円というお金を貸していけば、それだけで十分、儲《もう》かりますよね。そうすると、都市銀行は思うわけですよ、『個人を相手にそこまで無理しなくてもいいか』ってね」

棟方は「なるほど！」と、相槌《あいづち》を打った。

「年収の30％超を返済に回すほど、生活が苦しい個人に対して、わざわざお金を貸す必要はないってことなんだな」

「そのとおりです。一方、地方銀行は、お金を預けてくれる個人や企業も、お金を借りてくれる個人や企業も、どちらも獲得しなければいけません。どうしても、企業に貸し出す金利では都市銀行に勝てないので、それ以外の基準を甘くして、お客を集めているんです」

翔太の話を聞いて、棟方は腕を組んで「うーん」と唸《うな》った。そして「お前が江戸川区の篠崎に住む理由が分かったよ」と、ビールをぐびぐびと飲みながら、言葉を繋いだ。

「翔太は、将来の住宅ローンをたくさん借りることまで考えて、新宿消防署から遠い篠崎に住み、わざわざ千葉カモメ銀行を使っているということなんだな」

翔太は「それは、ちょっと違います」と、言葉を挟んできた。

「私は、年収の35％を返済に回さなくてはいけないほど、住宅ローンを借りる気はありません。上限まで借りるってことは、それだけ返済できないリスクも高くなるってことですからね。そんな借金をするのは、お金のことをまったく分かっていない、バカがやることですよ」

棟方は、「そのバカは俺のことか？」と心の中で思った。しかも、妻の父から借りた1000万円は返済が10年間と短いから、そのリスクはさらに大きくなっている。これだと、バカを飛び越えて大バカ者である。

そんな棟方の気持ちも知らず、翔太はさらに話を続けた。

「私が江戸川区に住む理由は、千葉カモメ銀行が混んでいないということに加えて、千葉は物価が安いからなんです」

「本当に、千葉は物価が安いのか？」

翔太は、コクリと頷《うなず》いた。

「私は、毎日、新聞のチラシを見て研究もしていますからね。それに、車は持っていませんが、東京のスーパーの駐車場って、ほとんどが有料じゃないですか。千葉のスーパーでは、駐車場に機械が置いてない。つまり無料にしているスーパーが多いんです。これは、東京の土地の地代や家賃は高いという証拠でもあります」

「地代が高いから、駐車場も無料にはできない……ということか」

棟方が、つぶやいた。

「そもそも、東京の篠崎と、隣の千葉の本八幡では、野菜、卵、肉、魚などを仕入れる産地が大きく異なることは、まずありません。冷凍食品だって、工場が茨城や群馬に多くて、仕入原価も運送コストも同じはずです。とすれば、東京は、高い地代や家賃を回収するために、それを商品の価格に、単純に上乗せしているはずなんです。毎日のスーパーの買い物で節約できる金額は、何年間も積み重ねると、かなり違ってきますよ」

棟方は、翔太の鼻につくような話し方は、癇《かん》に障《さわ》るところはあったが、自分の知らない銀行の使い方から、スーパーの価格についての分析まで、知識が広くて深いことに感心していた。節約術に興味のあった棟方は、さらに翔太に質問を続けた。

「千葉カモメ銀行が、都市銀行よりも使い勝手がよいことは分かった。では、最近、流行《はや》っているインターネット専業銀行を使うっていうのは、どうだ？あっちのほうが、パソコンやスマホからでも、お金の振込みが簡単にできるから、待ち時間もなくて、さらに便利なはずだろ」

翔太は「インターネット専業銀行のどこが便利なんですか？」と大きな目を、さらに大きくしながら話し始めた。

「今どき、東京ＡＢＣ銀行は当然ですが、地銀の千葉カモメ銀行だって、ネットバンキングを導入していますよ。それどころか、インターネット専業銀行のほとんどはＡＴＭも窓口もないから、他の銀行やコンビニのＡＴＭを使って、現金を引き出すことしかできません。そうなると、いちいち、手数料がかかって無駄じゃないですか」

「あっ、そうか」

「まぁ、インターネット専業銀行で口座を作るなら、お金はおろさず、〝振込み専用〟とするのが、一番賢い使い方だと思いますけどね」

「振込み専用？」

棟方はいつの間にか、バッグからメモ帳を取り出して、翔太の話を一字一句、メモに取り始めていた。

「インターネット専業銀行は、支店やATMを持たない分、人件費や家賃などの固定費が、都市銀行や地方銀行と比べると、安いはずです。だから、振込手数料も安く設定されているんですよ。自分は、東京ABC銀行のATMからお金をおろして、毎月の振込みで必要な分だけはインターネット専業銀行に事前に預けて、できるだけ振込手数料を節約するようにしているんです」

「そんな振込手数料の節約なんて……1回で100円か200円ぐらいしか節約できないだろ」

翔太の表情が急に険《けわ》しくなった。

「……もしかして、棟方士長、貯金って、ほとんどないんじゃないですか？」

「な、なんだよ、急に」

「将来のために、お金を貯めようと思っていても、まったくできない。別に贅《ぜい》沢《たく》をしているわけではなく、それどころか、毎日、財布の中身を気にしながら生活しているのに、銀行の口座残高は、なぜかギリギリの状態になってしまう――違いますか？」

翔太の指摘はズバリ、当たっていた。3人の子どもが中学生と高校生になったあたりから、急に家計が苦しくなり始めた。妻もパートに出て、自分も小遣いを減らし、食費も電気代もできるだけ節約するように心がけている。しかし、給料日前になると、必ず銀行の口座残高が数百円になり、毎月、ヒヤヒヤした気持ちで、お金をやりくりしていた。

翔太は棟方の心中を察してか、教祖が迷える信者を救うかのような口調で、とくとくと語り始めた。

「貯金なんて、結局は小さな節約の積み重ねなんですよ。毎日の生活の中で、大きな節約なんて、絶対にできないんです。だから、100円、200円でも節約できることを見つけて、それを続けることが、大切なんですよ」

翔太は棟方の食べ残した鶏の手羽先《てばさき》を見て、「あ、それ、まだ食べられますよ」と、ひょいと手に取り、骨にこびりついた小さな肉片をつまみながら、話を続けた。

「そもそも、100円、200円を稼ぐために、どれだけ仕事で苦労すると思っているんですか？　例えば、若手の消防士の毎月の給料が20万円とすると、勤務日数の22日間で割って、だいたい日当が9000円になります。それで、勤務時間は8時間なので、時給は１１２５円ですよね。とすれば、だいたい11分ぐらいの作業が、２００円の価値に値することになります。11分って、なかなか長い時間だと思いませんか？」

「そんなに長い時間でもないだろ、たかが11分だぞ」

棟方の発言に対して、翔太は強い口調で「されど、11分です！」と、ピシャリと言ってのけた。

「『時は金なり』ということわざを知っていますよね。『時間』は、お金と同じように大切な価値があるという意味です。だから、お金を時間に換算すると、お金の価値がとても分かりやすくなるんです」

「時間に換算するって……どうやればいいんだ？」

「例えば、11分でできる訓練には、何がありますか？」

その質問に、棟方は「そうだなぁ」と、言葉を繋いだ。

「ボンベを背負う空気呼吸器の着装訓練かな」

「その着装訓練の1回が、２００円ということですよ。これで、いかに２００円が大切なのか、理解できませんか？」

棟方は、複雑な気持ちになった。1分1秒を争いながら、重い空気ボンベを素早く背負う動作を繰り返すことは、決してラクな訓練ではない。足腰にも負担がかかるし、夏場などは、蒸し風呂のような暑さの中での訓練となる。その大変な着装訓練が1回２００円と考えると、汗水垂らして働く若い隊員が、20万円の給料をもらうことが、いかに大変なことか、理解することができた。そして、同時に、明日から２００円の振込手数料を節約しなければいけないと、心底そう思った。

「なあ、翔太、恥を忍んで尋ねるがな――」

酒に酔った影響もあり、棟方は意を決して、翔太に切り出した。

「俺は、貯金できないことが悩みなんだよ。公務員で毎月の給料が安定しているから、計画を立てやすいはずなのに、生活はいつも苦しい。といっても、家族全員、誰も贅沢しているわけでもないんだ。でもこれからは１００円、２００円の振込手数料の節約もきっちりやっていこうと思う。だけど、1日１００円を貯金できたとしても、1年間で3万６５００円にしかならない。もっと貯金するために、俺は、他に何をすればいいんだろうか？」

棟方は、翔太に向かって頭《こうべ》を垂れた。もともと、翔太が新宿消防署の中で孤立しすぎないように、指導するつもりで誘ったはずだったが、いつの間にか、棟方が指導を受ける立場になっていた。当然、棟方はこの状況に違和感を覚えていたが、それよりも、貯金ができない自分を変えたいという気持ちのほうが強くなっていた。

翔太は、テーブルの上に置いてある、ふりかけ用のゴマ塩を、手のひらに取り出すと、フリスクのように口に放り込んで、「そうですねぇ」と、偉そうな口調で話し始めた。

「棟方士長って、銀行の口座はひとつだけですか？」

「ああ、普通口座、ひとつだけだ」

「それなら、もうひとつ、『総合口座』を作ってください」

「総合口座って……定期預金とかが、一緒になっている口座のことか？」

「定期預金だけではなく、貯蓄預金も一緒になっているやつです」

「貯蓄預金って、なんだ？」

「貯蓄預金とは、普通預金より金利が高く、定期預金より換金性が高い預金のことです。普通預金と定期預金の中間に位置する預金だと覚えてください。そこで『貯蓄預金』に毎月１万円を貯金して、『定期預金』のほうにも毎月１万円貯金するんです。これらの合計２万円を給料日に振り替えていけば、お金は確実に貯まります」

その話を聞いて、棟方は急に慌てだした。

「おいおい、ちょっと待ってくれよ。毎月の生活もアップアップなのに、そこから毎月2万円を抜くなんて、それは不可能だぞ」

「いえ、最初に、その2万円を普通口座から消してしまえば、それでやりくりをしようとするので、自動的に生活費を下げることができます。だって、棟方士長よりも、給料が低い人なんて、世の中にたくさんいるじゃないですか。その人たちは、ちゃんと生活できていますよね。棟方士長は、今の給料より2万円少ないだけで、自己破産して路上生活者になってしまったり、海外に逃亡したりしないですよね」

翔太の問いかけに、棟方は、言葉を詰まらせてしまった。生活が苦しいとはいえ、普通の生活ができる給料をもらっているのは、事実である。もちろん、子どもが3人いることで、独身の人より生活が苦しくなるのは当然だ。しかし、子どもが通う中学校や小学校には、自分よりも2万円どころではなく、もっと給料が低くても、同じように3人の子どもを育てている家庭なんて、いくらでもある。実際、テレビで話題になった大家族の父親などは、自分よりも給料が明らかに低いのにもかかわらず、10人の子どもを育てて、幸せそうに暮らしているではないか。

「分かった。総合口座を開設して、２万円ずつスライドするようにしよう。でも、なぜ、わざわざ、そんなことをしなくてはいけないんだ？　普通口座に、毎月２万円が残るように、気をつければいいんじゃないのか？」

翔太は「そこが、甘いんです！」と力強く言うと、持っていた箸《はし》で棟方のことを指した。上司に向かって無礼な態度を取るやつだと思いながらも、貯金に関しては、上司は翔太のほうである。棟方は「すみません」と小声で言うと、翔太の話に耳を傾けた。

「普通口座は、みんな、自動引き落としの口座として使っているはずです。そのとき、クレジットカードで使った金額をメモしておけばいいんですが、ほとんどの人が、そんな面倒なことをやっていません。そのため、引き落とされる金額や毎月の電話代や水道光熱費も違うので、通帳に残る金額が、まったく予想できず、結局、お金が貯まらないんです」

翔太の指摘で、棟方は「貯金できなかった原因は、それか」と心の中でつぶやいた。過去に何度も妻と「毎月１万円ずつ貯めよう」と約束しても、守ることができなかった。賞与も、半年に一度は振り込まれるが、それらのお金は、ほとんど住宅ローンの「ボーナス返済」に消えてしまっていた。それでも、そのときだけは、1万円が口座に残るのだが、「半年に1回ぐらいは、美味しいモノが食べたい」と子どもにせがまれてしまい、結局、家族5人で、ホテルのレストランで食事をして、その1万円すら消えてしまっていた。

他にも、思い返せば、棟方には貯金の黒歴史がもうひとつあった。過去に、500円玉用の貯金箱を買ってきて、毎日、1枚ずつ入れていくルールを作ったことがある。ところが、財布に500円玉がないと、「なければ、仕方がないか」ということで、500円玉以外の硬貨を貯金箱に入れていた。半年経って、かなり貯金箱が重くなったので、ふたを開けて数えてみたが、中味は10円玉や5円玉ばかりで、1万円すら貯金できていないことがほとんどだった。

貯金できない理由を考えてみたが、もしかしたら、給料の金額とは、あまり関係がないのかもしれない。そもそも、貯金に執念を燃やしていない自分が、「何となく、やってみようか」と思い立っても、簡単にできるほど、甘くはないのだろう。

棟方が眉間《みけん》に皺《しわ》を寄せて、黙ってしまったので、翔太は、先ほどよりも優しい口調で、ゆっくりと話し始めた。

「普通口座とは別に、2万円をちゃんと貯金していけば、貯蓄預金も定期預金も引き落とし口座としては使えないので、そのままお金が残るはずです」

「そうなると、我が家は今までどおり、普通預金の口座残高を見て生活するだけでも、貯金できるというわけだな……でも、『貯蓄預金』と『定期預金』の2つの口座をわざわざ作るのは、なぜだ？　どちらか一方に、2万円ずつ貯めればいいんじゃないのか？」

「『貯蓄預金』は、いつでもおろすことができるので、こちらは〝臨時出費用〟として使うんです。例えば、友達の結婚式や子どもの夏期講習の費用、車の車検、テレビやパソコンなどの電化製品の買換えなど、人生には予想もしていなかった〝突然の出費〟が付きまといます。これらの緊急事態のために、本来の貯金用の口座である『定期預金』とは別の口座を作り、そこにお金をプールしておく必要があるんです」

棟方は「それは、いい考えだ」と、残っていたビールをすべて飲み干した。

「なるほど、日常生活で使う口座、臨時出費で使う口座、貯金用の口座をハッキリと分けることが大切なんだな。そのことで、貯蓄預金のお金は使ったとしても、定期預金まで解約する必要はなく、そこにお金を貯めることができるということか」

翔太はニヤリと笑って、「メリットは、それだけではありません」と、言葉を繋いだ。

「定期預金は3つの口座の中で、もっとも金利も高くなるんです。それだけでも、口座を分ける価値は十分あるはずですよ」

棟方は嬉しそうに「これで来月から、お金を貯められそうだな」と言って、メモを取り続けた。しかし、翔太の頬が、ピクリと動いた。

「棟方士長、その〝来月から〟という考え方がよくありませんよ」

「えっ、なんでだ？」

「明日、すぐに銀行に行って手続きをして、今月から総合口座を開設して2万円を振り替えてください」

「ちょ、ちょっと待て！　今月から始めるのか？　もうだいぶ、口座残高が減ってしまっている状況なんだが」

迷っている棟方に対して、翔太は大きくて丸い目をじっと見開いたまま、強い口調で語り出した。

「棟方士長は、いつも訓練のときに、私に『今すぐやれ、それができなければ、現場で死ぬぞ』と教えてきましたよね」

「そりゃ、火災現場では、生と死が隣り合わせだからな。しかも、1人の判断ミスや行動が、他の消防士を危険に陥《おとしい》れてしまうことだってある。だけど、火災現場と貯金とでは、まったく状況が――」

棟方が言いかけたところに、翔太が「同じことです！」と、大声で叫んだ。

「貯金をしなくても、〝死なない〟なんて考えていたら、いつまで経っても、お金なんて貯まりませんよ。死にもの狂いでやって、初めて、貯金ができるんです」

「死にもの狂い……そんな大袈裟《おおげさ》な」

翔太は、大きく首を横に振った。

「大袈裟なんかじゃありません。棟方士長にとって、お金よりも大切なものって、ありますか？」

「そんなもん、たくさんあるだろ。愛情とか、友情とか……」

「でもそれって、お金を出せば、買うことができるものばかりですよね」

「な、なんだと！」

翔太の予想外の返答に、棟方は思わず、言葉を詰まらせてしまった。

「お金さえあれば、愛を持ってきてくれる人なんて、たくさんいます。逆に、お金がなくて、愛を失ってしまう人のほうが、世の中に溢《あふ》れかえっているでしょう。お金があるから、思いやりや人を気遣う気持ちが生まれるもので、お金がないと、やっぱり人は相手を憎み、妬《ねた》み、そして強い憎悪に繋がって、友情も壊れてしまうんです」

「おいおい、その考え方はおかしいだろ。世の中には『お金がなくても、愛さえあれば、生きていける』という人もいるはずだぞ」

「もちろん、いますよ。でもそれは、〝例外〟と呼ばれる人たちの特別な意見です。その証拠に、お金に絡《から》む悲しい事件が、ほとんど毎日、起きているではないですか」

棟方は「むぐぐっ」と、言葉に窮《きゅう》してしまった。

「殺人、強盗、詐欺《さぎ》……これらの事件の根っこを探っていけば、ほとんどお金の問題に辿《たど》り着くんです。十分なお金さえあれば、起きなかった事件が世の中には山のようにありますよ」

棟方は、「それは、一理あるかもしれん」と同意した。しかし、すぐに「それでも、お金よりも大切なものはある」と語気を強めて反論した。

「なんですか？　お金よりも大切なものって」

「命だ」

棟方は自分の胸の心臓部分を指して言った。しかし、それに対しても、翔太は小刻みに首を横に振った。

「いいえ、命よりも、やっぱりお金のほうが大切です」

「それは、言いすぎだろ」

棟方が顔をしかめた。しかし、翔太は先ほどよりも、さらに強い口調で話を続けた。

「では尋ねますが、棟方士長は、自分の子どもを保険の対象とした、つまり被保険者にした生命保険に入れていますか？」

「ああ、入っているぞ。病気になったり、入院して手術をしたりする可能性があるからな。それに、最近、自転車の事故も多いから、損害保険にも申し込んだ」

「では、その子どもの命とお金、どちらが大切ですか？」

「そりゃ、もちろん、子どもの命だろ」

「ならば、どれくらいの保険料を支払っていますか？」

その質問に、棟方は「ちょっと待てよ」と、以前、保険に加入するときにメモした手帳のページを開いた。

「えーっと、１人が月々３０００円だから、３人の子どもで、９０００円ってところだな」

「それで、十分なんですか？」

「えっ、どういうことだ」

「もし、大きな病気になって、日本では受けられない手術を、外国で受けるとしたら、１億円以上の医療費がかかることもあるんですよ。そんなに命が大切ならば、お金を借りてでも、もっとたくさんの保険料を払ったほうがいいんじゃないですか」

翔太の話に、棟方は「それはおかしいだろ」と反論した。

「そんな大手術を受ける確率は、天文学的な数値になる。借金までして払う必要はない」

「それでも、可能性はゼロではないんですよ。結局、子どもの命とお金を比べて、『これぐらいの金額で、いいかな』と、計算しているってことなんです。

棟方士長が考えている、３人の子どもの命の重さは、月額９０００円ってことなんですよ」

「それは極端な意見だろ……」

棟方が次の言葉に困っていると、翔太は「じゃあ、お尋ねしますが」と、さらに言葉を繋いだ。

「今現在、アフリカでは飢餓《きが》に苦しんで、死んでいく子どもたちがたくさんいることは、ご存知ですよね？」

「ああ、アフリカに行ったことはないが、よくニュースでは、見るな」

「お金よりも、命のほうが大切ならば、みんなが自分の財産を投げ打ってでも、もっとお金を寄付してあげるはずですよね。でも、日本には１円も寄付しない人たちが、たくさんいます。みんな、命よりも、自分のお金のほうが大切だって考えているからじゃないですか」

棟方は、「いや、それは……」と、反論する言葉を探していると、さらに、翔太は追い討ちをかけた。

「今、おそらく棟方士長は、心の中でこう思っているでしょう。『自分と関係のない子どもたちに、大切なお金をあげるはずがない』ってね」

図星だったこともあり、棟方は、思わずクシャッと顔を歪《ゆが》めてしまった。そして、しばらく考えたあと、力ない口調で話し始めた。

「翔太の言うとおり、アフリカの子どもたちには申し訳ないとは感じているよ。だけど、実際に会ったこともないし、話したこともない相手に、大切なお金を渡すことはできない。そんなお金があったら、やっぱり自分の子どものためにお金を使いたいと思うのが親心だ」

「でも、自分の子どものためというわりには、保険料は月額９０００円なんですよね。『命は大切』というのは、うわべだけで、棟方士長は、自分のためにお金を使いたいだけじゃないですか」

「……」

翔太の極端な意見に対して、棟方は恐怖心を感じるようになっていた。「命よりも、お金のほうが大切」という意見には、納得できる部分もある。ただ、それをハッキリ言い切る人間に、棟方は初めて会った。翔太のお金に対する執着心に、自分が飲み込まれてしまう気がして、身震いがした。おそらく、翔太がここまで貪欲《どんよく》なのは、過去に何かしら、その原因となる強烈な出来事があったからに違いない。

棟方は、少し間を置いたあと、静かな口調で「よく分かった」と手に持っていた箸をテーブルの上に乗せて、姿勢を正して翔太に言った。

「明日にでも、銀行の窓口で手続きをしてくるよ。でも、いっそのこと〝死にもの狂い〟でやるのなら、貯蓄預金は1万円でいいけど、定期預金を3万円に増やして、一気に4万円を貯めてみるのはどうだろう」

この提案に、翔太は「それは、やめておいたほうがいいですよ」と、小さく首を横に振った。

「最初からがんばりすぎてしまうと、今よりも生活費をかなり切り詰めることになって、きっと強いストレスを溜《た》め込んでしまいます。そもそも短期間で、目標金額を貯めるだけなら、そういうやり方もアリなんですが、棟方士長は、これから何十年という長期間にわたって、貯金を続けなくてはいけないんですよ」

翔太はコップの中の氷をボリボリと食べながら、話を続けた。

「ストレスが爆発すれば、貯金すること自体に嫌気がさして、反動で無駄遣いをしてしまいます。だから無理をせずに、最初は2万円を振り替えていき、それが体に染みついて、生活にストレスを感じなくなったら、追加で1万円ずつ増やしたほうが、長期的には上手《うま》くいくはずです」

棟方は今までの貯金計画が、いかに行き当たりばったりだったかということに、改めて気づかされた。今日、家に帰るときに、駅前にある銀行を調べて、新しい総合口座を作る準備に取りかかろうと思った。

そう決めたとたんに、棟方は、一刻も早く家に帰りたくなった。テーブルの脇にぶら下げてあった会計伝票を摑《つか》んで立ち上がろうとすると、その棟方の手を、翔太が強く摑んできた。棟方は瞬間的に「翔太が、おごってくれるのか?」と目を見張ったが、出てきた言葉は想像していたものとは、真逆の台詞《せりふ》だった。

「シメで、稲庭《いなにわ》うどんを食べてもいいですか?」

翔太は棟方の返事を待つことなく、店員に「稲庭うどん、ひとつお願いします!」と大声で叫んだ。棟方は「ひとつかよ!」と思ったが、ここで翔太にそのことを諭して、自分の分も頼むと、貯金への一歩が遠のいてしまう。稲庭うどんを食べたい気持ちはやまやまだったが、自分の心の中で「がんばれ、俺」と、何度もつぶやきながら、ぐっと我慢することにした。

クレジットカードで自転車操業

「宗一郎さんって、お勤めは『電報堂』なんですね」

名刺を渡したとたん、ユリの表情が一気に変わるのが分かった。派手なつけまつげをパチクリさせながら、宗一郎の顔と名刺を何度も往復《おうふく》させた。

「うちの会社、知ってるの？」

「そりゃ、知ってますよー。有名な広告代理店でしょ。私、こう見えてもマスコミ関係のお客さん、多いんですよ」

ユリは豊満な胸と太ももを、さらに宗一郎に寄せてきた。今まで、若い宗一郎に対して、上から目線で接していた銀座のホステスは、相手が電報堂の社員だと分かると、明らかに獲物を狙う戦闘モードへとアプローチを変えてきた。

「うちの会社名は、相変わらず銀座で強いですね」

宗一郎は、ユリがテーブルチェンジで席を立ち上がったときに、隣にいた先輩の浜崎《はまさき》に小声で話しかけた。

「露骨に、態度を急変させてきたな」

「広告代理店って、高給取りだって、思われているんですかね」

「そうだろうな。まだ、東日本大震災のショックから立ち直った会社が少ない中で、こんなに領収書をバンバン切れる業界なら、きっと給料も高いって普通は想像するよな」

浜崎はコップの水割りを口に運びながら、さらに言葉を繋いだ。

「ところで、宗一郎、お前、うちの営業部にきて、どのくらいになる」

「今年で、3年目になります」

浜崎は「3年かぁ」とつぶやくと、「それにしちゃあ、10年選手並みの活躍じゃないか」と言って、宗一郎の肩を叩いてきた。

「そんなこと、ないですよ」

「おいおい、俺よりも部長賞を多く獲《と》ってんだから、その発言は、嫌みになるぞ」

浜崎は冗談半分で、宗一郎の首を絞《し》めるしぐさをしてみせた。宗一郎は、そうやって先輩から一目置かれる存在になっていることが、嬉しくも感じていたが、反面つらいこともあった。

「浜崎さん、ちょっと相談があるんですが――」

「なんだよ」

「最近、接待がキツイんですよ」

宗一郎の答えを予想していたのか、浜崎はすぐに「アセンの藤野部長のせいか」と、言葉を続けた。

「お前、かなり気に入られているからなぁ。あの人、昔っから、飲みに行くのが好きだから、付き合うのは大変だろ」

「いや、飲みに行くのは、全然、苦じゃないんですよ。藤野部長の話は刺激的だし……ただ、キツイのは飲みじゃなくて、お金のほうなんです」

「はぁ？　お金？」

浜崎が不思議そうな顔をして、首をかしげた。

「うちの会社って、経費の精算が1ヶ月ごとで、しかも申請してから振り込まれるまでに結構な時間がかかるじゃないですか。だから、接待で自分が払った領収書が現金に替わるまで、立て替えている状態になるんですよ。それで、給料日前には、銀行の口座残高がゼロになってしまい、昼飯を抜いたり、水道水を飲んだりと、みじめな生活になってしまうんです。だから、一時期は接待場所のランクを下げようかとも思ったんですが、取引先が大企業の取締役クラスが多いので、しょぼいお店には連れていくわけにもいかず……いくら広告代理店の給料が高くても、これだけ接待が続くと、さすがにお金が回りませんよ」

宗一郎がつらそうな顔をすると、浜崎は「なんだ、そんな悩みか」と、大声で笑い出した。

「そんなの、すぐに解決できるよ」

「どうやってですか？」

「クレジットカードで、払えばいいだけだろ」

浜崎の答えに、宗一郎は「えっ、それって怖くないですか？」と、驚いた声を発した。

「クレジットカードで払うのって、ちょっと抵抗があるんですよ。自分の手持ちにお金がないのに、何でも買えるから、歯止めが利《き》かなくなりそうで」

宗一郎が俯《うつむ》きながらそう言うと、浜崎は「お前、社会人3年目にもなって、クレジットカードも持ってないのかよ」と、もう一度、宗一郎の肩を叩いた。

「そんな、貧乏人みたいなバカな思い込みなんて捨てて、頭の中を切り替えろよ」

浜崎は、自分の頭を人差し指でさすと、さらに話を続けた。

「宗一郎、お前がこれから仕事をしていくと、今よりも、もっと大きな壁にぶつかるはずだ。私生活だって、楽しいことばかりじゃない。そんなときには、自分の古い価値観は全部捨てて、新しい思考に切り替えて行動しなきゃいけないんだ」

宗一郎は「切り替える、ですか」と、自信なさげに小声でつぶやいた。

そのとき、新しい女の子がテーブルに付いてきた。

「ナツミです。よろしくお願いします」

明らかに、さっきまでテーブルにいたユリとは、比較にならないほどの美人だった。おそらく、クラブ内で『あのテーブルは、電報堂の社員だ』という情報が、めぐりめぐっているのだろう。

浜崎は、隣に新しく付いた女の子と乾杯しながら、さらに話を続けた。

「お前が、クレジットカードは怖いという理由は、おそらく『カード破産』のニュースを見たせいじゃないのか」

「ええ、今までも、クレジットカードを作ろうかなと、何度か考えたことはあるんですが、そういうニュースを見ると、やっぱり躊躇しちゃうんですよ」

浜崎は「だったら、いいことを教えてやるよ」と、顔を近くに寄せて、ゆっくりと話し始めた。

「実は、カード破産する奴なんて、世の中にほとんどいないんだぜ」

「ホ、ホントですか？」

「だって、不思議だと思わないか？　もし、そんなにカード破産するやつが多ければ、クレジットカード会社が破綻《はたん》するか、クレジットカードの加入条件が厳しくなるか、どちらにせよ、もっとクレジットカードの普及に制限がかかるはずだろ」

「確かに……言われてみたら、そうですね」

「それなのに、クレジットカード会社が赤字になったというニュースは、一度も見たことがない。それどころか、クレジットカードに申し込んで、審査に落ちたっていうやつを、周りで聞いたことすらない」

浜崎の言うとおりだった。クレジットカードで破産する人が多ければ、このビジネスモデルそのものが消滅しているはずである。それなのに、クレジットカード会社からのテレビＣＭの制作依頼は、年々増え続けている状況である。一流芸能人を起用する制作費と、それをゴールデンタイムに流す広告宣伝費を、惜しげもなく出し続けられるのは、やはり、クレジット会社が儲かっている証拠と考えてもいいだろう。

それに、週末に大型スーパーに買い物に行くと、クレジットカードの勧誘員によく声をかけられる。スーパーで買い物をしている人は、主婦や高齢者などの、働いていない人が多いにもかかわらず、身分を証明できるものを提示すれば、簡単に審査がとおり、クレジットカードが作れてしまう。

「先輩の言うとおり……クレジットカードは、謎《なぞ》が多いですね」

「審査に落ちるのは、過去にカード破産したやつぐらいだろ。それだけ、クレジットカードは安心して、使いまくれるもんなんだ」

宗一郎は浜崎の〝切り替えろ〟という言葉の意味を、ようやく理解することができた。クレジットカードは「怖いもの」という古い思い込みは捨てて、客観的に周りを見渡し、「安心して、使えるもの」という新しい思考に、切り替えなくてはいけないのである。

浜崎は水割りを飲みながら、さらに上機嫌で話を続けた。

「クレジットカードを使えば、宗一郎の悩みなんて、すぐになくなるぞ。なんたって、クレジットカードは引き落としが１ヶ月以上先になるからな。その間に、領収書を経費で精算すれば、お金が回転し始めて、困ることはなくなるはずだ」

浜崎のアドバイスで、宗一郎の気持ちは一気に軽くなった。考えてみれば、自分たちが使う接待のお金は、会社が精算してくれる。だから、お金がなくて返済できなくなり、カード破産する人たちとは、まったく事情が違う。

しかし——宗一郎の心の中には、新たな不安が芽生えてきた。

「でも先輩、クレジットカードは、1ヶ月で使える限度額が決まっていましたよね。自分の毎月の接待費を合計すると、その限度額はすぐに超えてしまいそうなんですが……」

浜崎は「それも、心配する必要はない」と、言葉を繋いだ。

「簡単な解決策がある」

「どんな方法ですか？」

「クレジットカードを、何枚も作ればいいんだよ」

「えっ、何枚も作ると、限度額って上がるんですか？」

「当たり前だ。3枚作って、それぞれで限度額いっぱいまで使えば、3倍になるだろ。それに、クレジットカードを積極的に使い続けると、1枚の限度額も次第に引き上げられていくんだよ」

「マ、マジっすか！」

「ちなみに、俺のクレジットカードの限度額を教えてやろうか？」

浜崎は、両脇の女性の肩に手を回して、王様のようにソファにふんぞり返った。宗一郎には、浜崎から後光がさすように見えたので、「ぜひ、教えてください！」と、這《は》いつくばって頭を下げた。

「では、教えてやろう」

「はい！」

「限度額は……ない」

「え？」

「俺のクレジットカードには、上限がないんだ。だから、このクレジットカードで車どころか、家も買えるし、自家用ジェットだって買えるんだぜ」

「ウ、ウソでしょ」

宗一郎は、声を震わせた。両脇のホステスたちも、「すごーい」と、両手をパチパチと叩いて、自分のことのように喜んだ。

「限度額が撤廃されたのは、それだけ、俺が今まで何年間も、クレジットカードを使いまくってきたっていう証拠でもあるんだけどな」

浜崎は、ニヤリと笑って、ウイスキーをグビグビと飲み干した。

宗一郎は、自分の会社の先輩たちが、豪快に接待費を使いまくれる仕組みが理解できてきた。クレジットカードを使いまくって限度額を上げて、最後は浜崎のように、無制限のクレジットカードを手に入れているのだろう。そうなれば、もうお金のことで頭を悩ます生活とは、完全にオサラバである。

「まさに……何でも買える、夢のカードですね」

宗一郎は、目をキラキラさせながら、羨望《せんぼう》の眼差《まなざ》しで浜崎のことを見つめた。自分が幼いころから夢に描いていた、お金の心配をせずに、お金を使いまくれる生活に近づけた気がして、さらに気持ちが一回り大きくなった。

「ナツミちゃん、ボトル1本、入れていいかな」

「えっ、ホント！　嬉しい！」

ナツミは上目遣いでニコリと笑うと、宗一郎の腕に手を回してきた。それを見て、浜崎は頬を緩《ゆる》めて笑うと、「仲良くやろうぜ、兄弟」とウインクをしてきた。

「〝兄弟〟って……どういうことですか？」

浜崎は「仲間って、意味だよ」と、宗一郎の手を強く握り締めてきた。

「兄弟って呼び合うことは、仕事を飛び越えて、プライベートでも仲間になるってことなんだ。これからは、俺のことを兄貴だと思って、何でも相談しろよ」

その言葉に、宗一郎はアセンの藤野部長に続き、心強い兄がもう1人できたと嬉しくなって、大声で「兄貴！」と叫んで、浜崎に抱きついた。

翌日、宗一郎は、ホームページから3つのクレジット会社にカードの申し込みを行った。すると、2日後には申込書が送られてきたので、そこに捺印《なついん》して、免許証のコピーを同封して返送した。そして、その1週間後には新しいクレジットカードが3枚とも、手元に届いた。

早速、浜崎のアドバイスどおり、宗一郎はクレジットカードで接待費を払い始めた。そうすると、現金での払いがほとんどなくなり、お金のやりくりは、非常にラクになったかのように思えた。

ところが――宗一郎は、すぐにお金のやりくりに行き詰まってしまった。理由は、宗一郎の接待の数が、異常に多くなったからである。

リーマンショック以降、日本の景気は下降線を辿っていて、競合の広告代理店とのシェアの奪い合いも激しくなっており、会社はクライアントを接待することを推奨《すいしょう》していた。また、宗一郎は小さいころに貧乏だったことで、偉そうなところがなく、苦労を積み重ねてきたクライアントの取締役に気に入られていたことも、接待が増えた要因になった。

そのため、宗一郎は、営業成績が同期の中でも断トツでよく、他の社員に比べて、許されていた接待費の金額も桁違《けたちが》いに多かった。しかも、クレジットカードを手に入れたことで、今まで以上に派手に使いまくった。すると、すぐに1枚目のクレジットカードの限度額を超えてしまい、2枚目、3枚目とクレジットカードを使い続けていくうちに、あっという間に、限度額に達してしまったのである。

しかし、それでも宗一郎は、クレジットカードの限度額など、すぐに上がるだろうと高《たか》をくくっていたところがあった。ところが、クレジットカード会社に問い合わせても、限度額を引き上げてくれることは一切なかった。おそらく、自分がまだ社会人になって3年目で、かつ年収も基準に達していないことが、限度額を引き上げてくれない要因なのだろう。そのような状況が半年も続くと、給料日前には、銀行の口座残高が、ほとんどゼロになるような生活に逆戻りしていた。

宗一郎は、一般的なサラリーマンや会社の同期と比べても、かなり高い給料をもらっていた。それなのに、お金のないみじめな生活に陥ることに、納得がいかなかった。会社の接待費をクレジットカードで立て替えているだけなのに、なぜ、自転車操業に、陥ってしまうのか――。

この摩訶不思議《まかふしぎ》な状況を解明しようと、クレジットカードを作ってから初めて、半年分の明細書の封を開けて、まじまじと眺めてみた。

「あっ、これか！」

宗一郎は、思わず声を上げてしまった。

その明細書には、会社の接待だけではなく、同僚や友人との飲み会で、クレジットカードを使った記録が、たくさん並んでいたのである。同僚と飲みに行ったときは割り勘にしていたが、友達と飲んだときには、〝ここは、俺が払っといてやるよ〟とついつい言ってしまっていたのだ。

そもそも、クレジットカードを作る前は、接待のためのお金を確保するために、忙しいと誤魔化して、同僚や友人との飲み会を断ることも多かった。ところが、クレジットカードを作ってから、誘いを断るどころか、自分から誘うことのほうが多くなっていた。そして、経費で落とせない飲み会でも、クレジットカードを使いまくっていたのである。

宗一郎は、おそるおそる、その飲み代を電卓で合計してみた。すると、給料の半分以上になっていることが分かった。普通の人であれば、ここで同僚や友人と飲みに行く回数を減らせば、この問題は解決すると気づくはずである。しかし、宗一郎は、もっとお金を使える秘策があるのではないかと思い、再び先輩の浜崎に相談することにした。

宗一郎の相談を聞いた浜崎は一笑してから「今日の昼飯、寿司でも食べながら、その解決策を教えてやるよ」と言うと、丸の内の老舗《しにせ》の寿司屋に連れて行かれた。

たっぷりと脂《あぶら》ののった大トロを口に頰張りながら、浜崎は言った。

「なぁ、兄弟」

「は？　誰が兄弟ですか？」

「お前だよ」

浜崎は、どうやら本気で自分のことを、そう呼びたいようである。宗一郎は、恥ずかしながらも、それを受け入れることにした。

「俺もな、お前みたいに友達におごって、資金繰りに苦しくなった時期があるんだよ」

「兄貴、本当ですか！」

「やっぱり有名な広告代理店の社員というプライドがあるからさ。貧乏くさい態度は取れないだろ。〝金はなくても、見栄を張れ〟っていうことわざも、昔からあるしな」

宗一郎は、「そんなことわざねぇーよ」と腹の底で思ったが、とりあえず、その場では話を合わせて、大きく頷くことにした。浜崎は、カウンターにいた年配の板前に「ウニ、もう一貫ちょうだい」と頼むと、さらに話を続けた。

「だけど、兄弟、見栄を張るにも、限度があるだろ。なにせ、金がないんだからさ。で、俺は考えに考え抜いて、ある秘策を見出《みいだ》したんだ」

「秘策ですか？」

「いいか、見てろよ」

浜崎は、出されたウニを口の中に放り込むと、「やっぱり、江戸前の寿司は美味《うま》いね。じゃ、お勘定《かんじょう》、お願い」と、板前さんに言葉を投げかけた。そして、伝票を受け取ると、うーんと一回唸ってから、「よし、お前は３００円でいいや」と言った。

ランチでもあり、割り勘ということは別に構わなかったが、宗一郎は、丸の内にある店で、江戸前寿司が3000円で食べられたことに驚いた。

「兄貴、このお店って、予想していたよりも、安いですね」

宗一郎は、レジで支払いを終えた浜崎に声をかけた。

「バーカ、本当は一人前で5000円すんだよ。俺がお前の2000円を、余分に払ってやったんだ」

「えっ、それは悪いですよ。ランチで多く払ってもらうなんて」

「大丈夫だよ。俺、クレジットカードを使ったからさ」

「クレジットカード……ですか？　それでも、僕から3000円しか受け取ってないですよね」

浜崎はいつもの口癖の「切り替えるんだ」と言うと、人差し指で、自分のこめかみを指差して、右目を瞑《つむ》ってウインクをした。

「相手が割り勘だと予想していたところに、少ない支払い金額を提示するだろ。すると、相手は何か、ものすごくトクした気分になる。しかも、クレジットカードで自分が払うと、相手から現金を徴収することができる。見栄も張れて、同時に現金も手に入る、まさに一石二鳥の秘策だろ」

浜崎のアドバイスに、宗一郎は「おかしくないか？」という疑問符が頭の中に浮かんだ。結局、自転車操業になっているし、そのやり方では、自分が余計に払っているから損をしていることは、一目瞭然《いちもくりょうぜん》だった。

しかし、せっかく相談に乗ってくれた浜崎のメンツを、つぶすわけにはいかなかったので、とりあえず「兄貴、それは素晴らしい秘策ですね」と適当に話を合わせることにした。すると、浜崎は、「ヘイ、ブラザー、最高だろ」と、拳《こぶし》を突き出してきた。

宗一郎は「は？」と言うと、浜崎は「ほら、拳出せよ」とせかしてきた。意味も分からず拳を出すと、その先端に自分の拳をコツンと突き合わせてきた。

「なんですか、この挨拶《あいさつ》は？」

「アメリカの黒人同士の挨拶だよ。『ヘイ、ブラザー』って、聞いたことないか。これには〝俺たち、黒人同士だから分かり合っているよな〟って、意味が含まれてんだよ」

なぜ、黒人の挨拶を真似《まね》るのかはよく分からなかったが、少なくとも、浜崎が自分のことを〝仲間〟と思って接してくれているのは、確かだった。

「ヘイ、ブラザー、これからは一緒にクレジットカードを、もっとガンガン使っていこうぜ」

浜崎は、親指を立ててニコリと笑ってみせた。その胡散臭《うさんくさ》い笑顔を見ながら、宗一郎は「そんな訳の分からんアドバイスには、乗らないよ」と心に強く誓うのだった。

ところが、それから数ヶ月後、宗一郎は浜崎の〝秘策〟を、積極的に活用していた。友達と食事をしたとき、支払い金額の端数を自分が負担すると、思いのほか、相手が喜んでくれたのである。

自分が全額おごったときと、同じぐらい喜ぶ姿を見て、宗一郎は友達との飲み会は、必ずこの〝浜崎方式〟で払うことにした。結果、おごる金額が減ったことで、今までよりもお金の回りがだいぶラクになった。しかも、この方法を実践すると、手元には現金が、ドンドン増えることで、お金持ちになったような気分を味わうこともできた。

そして気がつけば、割り勘でもいいような同僚との飲み会でも、〝浜崎方式〟で、現金を集めまくるようになっていた。そのおかげなのか、給料日前でも、昼飯を抜いたり、水道水を飲んだりする日々からは解放されることになり、宗一郎にとっての新たな錬金術として定着していった。

そんなある日、大学のゼミナールのOB会で、60人近い卒業生が集まる会合が開かれた。電報堂に就職した宗一郎は、ゼミナールの中でも一番の出世頭で、先輩や後輩から羨望の眼差しで見られていた。みんなの前で見栄を張りたかったことと、60人から現金を集めることができる誘惑に負けた宗一郎は、飲み会の締めで、こんな挨拶をしてしまった。

「この飲み会は、1人3000円でいいです。あとは全部、電報堂の横田宗一郎が持ちますので、ご安心ください！」

本当は1人5000円の会費だったが、宗一郎は自分で2000円をかぶることにした。最初に5000円の会費と聞いていた参加者は、3000円になったことで、大いに盛り上がった。みんなから「よっ、男前！」「出世頭！」と冷やかされると、宗一郎は会場のみんなに向かって、笑顔でVサインをしてみせた。

そして、参加者から徴収した現金を幹事から受け取ると、宗一郎はすぐにレジに向かいクレジットカードを2枚、差し出した。

「一括払いで。ただ、1枚だと限度額に達してしまうので、2枚に分けて、お願いします」

宗一郎は小声でそう言うと、受け取った現金を財布の中にしまい込んだ。60人分×3000円でしめて18万円。丸々と大きく太った手元の財布を見て、宗一郎の気持ちは意味もなく温かくなった。こんな大金が、現金で財布に入っていることなど、生まれて初めてだった。そして、その2日後に、盗まれないように少し使っておこうと思い、銀座のクラブに1人で足を運ぶことにした。いつもの接待とは違い、みんなが自分を最優先に対応してくれる環境が、とても新鮮だった。その感動が忘れられず、それから3日間、銀座のクラブにずっと通い詰めて、あっという間に、現金18万円を使い切ってしまった。

結局、会社で接待費として精算できない、60人分×5000円で30万円のクレジットカードの引き落としが発生してしまい、給料日前でもないのに、銀行の口座残高がほとんどゼロになってしまった。これでは、水道光熱費や電話代などの引き落としができなくなる。宗一郎は、再び頭を抱え込んだ。そして、困ったときの神のお告げなのか、会社の喫煙室で偶然、浜崎と一緒になった。思い余って浜崎に相談すると、「なんだ、ブラザー、そんなことか」と、タバコを気持ち良さそうに吹かしながら、明るい口調で打開策を話し始めた。

「そんなときは、消費者金融で借りればいいんだよ」

「えっー、消費者金融ですか！」

「そんなに驚くことじゃない。あれって、すぐに返せば、金利は高くないんだぞ」

「でも、返済できなくなると、『内臓を売ってでも返せ』とか、脅迫《きょうはく》されますよね」

浜崎は「だ・か・ら～」と、ゆっくりと口を開いて、宗一郎の頭を人差し指でさすと、「切り替えろ」と力強く言った。

「それは昔のニュースだろ。今どき、そんなことを言うやつがいたら、速攻で捕《つか》まるだろ。それに内臓なんか売っても、もつ焼き屋ぐらいしかできないだろ」

宗一郎は「そんなホラー映画みたいなもつ焼き屋は、ねぇーよ」と思ったが、黙って浜崎の話を聞き続けた。

「お前は、そんなくだらないことで、いつまでも悩んでいるから、金回りが悪いんだよ。いいか、ブラザー、客観的に、ゼロベースで考え直すんだ」

「でも、消費者金融って、金利がべらぼうに高いんじゃないですか。ついこの間も、駅前で消費者金融の社員がティッシュを配っていたんですけど、そこに金利18%とか書いていましたよ」

「それは年利だろ? 12ヶ月で割れば、1ヶ月1・5%だ。10万円借りても、1ヶ月で返済すれば、利息はたったの1500円だろ」

「1ヶ月1500円……」

宗一郎にとって、魅力的な利息だった。1ヶ月間、お金に困ってヒーヒー言うぐらいだったら、1500円を払って、気持ちをラクにしたい。それでも消費者金融に対して、恐ろしいイメージしか湧《わ》いてこなかった。宗一郎が、眉間に皺を寄せて困った表情をしていると、痺《しび》れを切らした浜崎が言葉を発した。

「ブラザーよ。消費者金融の『ズバット』って知ってるか?」

「はい。街で看板をよく見かけますよね」

「あの消費者金融の親会社って、どこか知ってるか?」

「親会社ですか? なんか危ない会社なんじゃないですか?」

「バーカ、違うよ。ズバットの親会社は、東京ABC銀行なんだよ」

「ええっ、本当ですか!」

宗一郎は大きな声で叫んだ。浜崎は「大声出すなよ」と耳を塞《ふさ》ぎながらも、半笑いで話を続けた。

「要するに、ズバットは有名な都市銀行の子会社なわけ。東京ABC銀行で住宅ローンを申し込むのと、まったく変わんないよ」

一瞬にして、宗一郎の消費者金融に対してのイメージがガラリと変わった。都市銀行の子会社であれば、きっと悪いようにはしないはずである。最悪、返せなくなっても、内臓を売って金を作れなどと、恐ろしいことは言ってこないはずだ。

「なんだか消費者金融からお金を借りることに、前向きになってきましたよ。でも具体的には、どこに行けばお金を借りることができるんですか？　まさか、東京ABC銀行の窓口じゃないですよね？」

浜崎は「ほれ」と、自分のスマホを突き出した。

「ズバットのホームページで必要事項を入力して、本人確認の免許証のコピーを送るだけで、審査は完了だ。あとは、東京ABC銀行のATMで、いつでも引き出すことができる」

あまりにもあっけないお金の借り方に、宗一郎は「す、すごい」と、感嘆の声を上げてしまった。

「給料の収入証明書みたいなものは、必要ないんですね」

「50万円以上お金を借りたいのなら、確定申告書の控えとか、給与明細が必要になるけど……そんなに、借りたいのか？」

「いえ、10万円ぐらいあれば、当面の生活費としては十分です……いや、引き落としもあるから、やっぱり20万円ぐらいあったほうがいいかな」

「じゃ、免許証のコピーだけでいいよ」

「本当にそれだけでいいんですか……。うーん、でも、どうしようかな」

宗一郎は、腕を組んで唸った。

「おいおい、まだ気持ちを切り替えられないのか」

「いざとなると、悩んでしまって……。そもそも、本当に消費者金融からお金を借りるべきなのかというところから、考え直しています」

浜崎は、あきれた顔をした。

「お前、もしかして、受験のときも、なかなか勉強が始められないタイプだったんじゃないのか？」

「えっ、なんですか、いきなり」

唐突な質問に、宗一郎はぽかんと口を開けた。

「椅子《いす》に座ってから勉強するまでに、無駄な時間を過ごすほうだったんじゃないのか」

宗一郎は「あーっ、言われてみたらそうですね」と、言葉を繋いだ。

「漫画を読んだり、テレビを観たりして、心の中では、『早く勉強を始めなきゃ』と焦りながらも、なかなか手が動かなくて——確かに、時間を無駄にしていたほうですね」

宗一郎は、勉強はできたが、決して要領のいいほうではなかった。一度集中してしまえば、何時間でも机に向かうことはできたが、それまでに余計なことに気が散ってしまい、すぐに勉強を始めることができなかった。

「よく考えてみろよ。結局、受験するなら、勉強はやらなきゃいけないんだぜ。とすれば、始めるまでに、あれこれ考えてる時間はもったいないだけだろ」

「そうですね。どうせやらなきゃいけないのなら、それを始めるまでに悩んだり、考えたりする時間は、明らかに無駄な時間ですね」

「さっさと勉強を終わらせてから、漫画を読んだり、テレビを観たりしたほうが、スッキリして気持ちがいいだろ。それと同じように、まずは消費者金融でお金を借りて、生活費の悩みを失《な》くすことを考えろ。そして、その目的を達成してから、返す計画を立てりゃ、それでいいんだよ」

浜崎は、自分のスマホをスーツの内ポケットにしまい込んだ。そのとき、宗一郎は浜崎がいつもと違う腕時計をしていることに気がついた。

「新しい腕時計、買ったんですか？」

「おっ、ブラザー、さすがだな。これに気づいたか？」

浜崎の顔が、急ににやけ始めた。

「僕、腕時計に詳しいんですよ」

宗一郎は、浜崎の腕時計をじっと見た。

「これって、もしかして、『パテック』ですか？」

「正解。昔から欲しかったんだよね」

「すげぇー！ それって、３００万円以上もする時計じゃないですか。そういえば、この間の腕時計は『ブレゲ』でしたよね。もしかして、浜崎さん、消費者金融で50万円どころか、何百万円も借りているんじゃないですか？」

浜崎は「そんなわけねーだろ」と、軽く宗一郎の頭を叩いた。

「消費者金融は、給料が出るまでのつなぎ資金で、数十万円を借りるのが一番賢い利用方法なんだよ。何百万円も借りるやつは、はっきり言ってバカだね。そういう金の借り方をするやつは、いつか破綻するんだよ」

浜崎はそう言うと、天井に向かってタバコの煙を大きく吐いた。

「じゃあ、どうやってそんな大金を生み出しているんですか？」

「その方法は……まだ、教えられないな」

浜崎の言葉に、宗一郎は、思わず「えっ」と口走ってしまった。

「俺には、自己流の錬金術があるんだ。それを使えば、数百万円ぐらいのお金なら、朝飯前に調達することができる」

今まで惜しみなく錬金術を教えてくれていた浜崎が、初めて秘密にした。内緒にされてしまうと、宗一郎は、余計にその方法が知りたくなった。

「浜崎さん、お願いですから教えてくださいよ。ブラザーの仲じゃないですか」

「いや、ダメだ。いくらブラザーでも、今は教えられない」

「そんな冷たいこと、言わないでくださいよ。消費者金融で借りるよりも、僕も、そっちの錬金術で、お金を調達したいですよ」

宗一郎は甘えた声で「ブラザ～」と、浜崎の袖《そで》を摑んだ。

「ダメだ、ダメだ。この錬金術は、出世しなければできない裏技なんだ。お前がもっと上の役職に上がってきたら、教えてやるよ」

それを聞いて、宗一郎は、今まで以上に出世に対して、強い興味を抱くようになった。

「出世すれば、欲しいモノが何でも買える錬金術が使えるようになる――」

そう思うと、より一層、仕事に対してのやる気がみなぎってきた。

とはいえ、まずは今月の生活費を調達しなければならない。そこで、宗一郎は人生で初めて、消費者金融でお金を借りることにした。

最初はスマホで手続きをしようとも思ったが、心もとないので、パソコンで手続きをすることにした。自宅のパソコンに向かって、少し緊張しながら、必要事項を入力していったが、手続きは30分もかからずに終わってしまった。そして翌日、東京ABC銀行のATMに行くと、いとも簡単に20万円が引き出せて、自分の通帳の口座に移すことができた。しかも、このATMで返済すれば、手数料もかからないようである。

宗一郎は、あまりにもあっけなくお金を借りることができたので、逆に恐ろしくなった。「こんな借金、繰り返しちゃいけない」と心に強く誓《ちか》った。ところが、この20万円を返済するためには、何かを節約しなくてはいけない。でも、今の給料でプラス20万円をどうやったら捻出《ねんしゅつ》できるのか、まったくいいアイデアが浮かばなかった。

そして、ノーアイデアのまま、いたずらに時間だけが過ぎてしまい、気がつけば、翌月のクレジットカードの引き落としの日になっていた。銀行口座は底をつき、宗一郎は再び、消費者金融でお金を借りることにした。そして、利息の払いや余裕資金を持っておきたいと考えて、今度は20万円ではなく、さらに5万円多い25万円を借りることにした。このような無計画な行動を繰り返していくうちに、消費者金融からの借金は、いつの間にか40万円にも膨れ上がっていった。

「俺は、どうなっちまうんだ！」

宗一郎は、借金という時限爆弾が、いつ爆発するのか、日々、ビクビクしながら暮らすようになっていた。食事もおいしくなく、仕事の集中力も散漫になっていった。それでも、接待や同僚と飲みに行ったときには、酔ってすべてを忘れることができた。ただ、その翌朝には、「借金を完済することなんて、一生無理なんじゃないか」という不安で頭がいっぱいになり、さらに自己嫌悪に陥るという日々を繰り返していた。

そして借金のことで頭が狂いそうになりかけたある日のこと、宗一郎の口座に、賞与が振り込まれた。日本の景気はよくなかったが、テレビCMという広告媒体の宣伝費はそれほど削られていないのか、会社の業績は、年々少しずつだがよくなっていた。その中で、営業成績がトップの宗一郎には、同期入社の中でもダントツの賞与が支払われた。そのお金が口座に振り込まれると、ゲームがすべてリセットされたかのように、消費者金融からの借金は、ゼロに戻った。

宗一郎は、キレイになった銀行通帳を見ながら「もう二度と、消費者金融なんかに手を出すものか」と心に強く誓った。

しかし、のど元過ぎればなんとやらで、すぐに次の月から、お金を使うことをセーブすることができず、今までどおりクレジットカードを使いまくっていた。接待でお金を使うなら、まだ仕事熱心だと言える。しかし、宗一郎は、同僚や友達との飲み会でも、際限なくお金を使うため、明らかに給料に比べて、お金を浪費しすぎる状態に陥っていた。

消費者金融でお金を借りて、賞与でリセット。そして、再び消費者金融でお金を借りて、またまた賞与でリセット――宗一郎は、自分が、なぜこんな非生産的なサイクルに陥ってしまうのか、分からなくなっていた。そして、お金のことで悩んでいるときに限って、先輩の浜崎と食事をすることが多く、相談すると必ず、「切り替えろよ」とウインクをして、宗一郎のことを元気付けてくれた。

「ヘイ、ブラザー、今まで、消費者金融でお金を借りていて、自分が破産してしまいそうな危機に陥ったことはあるかい？」

浜崎の問いかけに、宗一郎は「そう言われてみれば、ないですね」と言葉を繋いだ。

「借金が増えていくことに、恐怖を感じることはありましたけど……破産すると思ったことは、一度もないですね」

「そうだろ。それに、クレジットカードで使える限度額も上がっているはずなのに、それをオーバーするほど使っているということは、かなりポイントも貯まっているはずだぞ」

宗一郎は思わず「ポイントか！」と大声で叫んだ。今まで借金で真っ暗だった目の前が、パッと明るくなった。

「そのポイントを使えば、欲しい商品と交換できたり、海外旅行に行けたりするんだぞ。そんなにネガティブに考えるなよ。将来、クレジットカードの限度額が撤廃されたら、『なんで、あんなことで悩んでいたんだ？』って、バカらしく感じるはずだぞ」

　宗一郎は、一瞬、「限度額が撤廃されても、状況は変わらないだろ」と思った。しかし、ここで反論しても、どうせ言いくるめられるだけなので、浜崎に「ブラザー、アドバイス、ありがとうございます」と、拳を突き出して挨拶を交わした。

　それに、お金を使い続ける浜崎の営業マンとしての姿勢は、確かに正しかった。広告代理店の仕事は〝人脈営業〟と呼ばれるだけであって、他の業種に比べて、人のつながりから、仕事を紹介してもらうことが多かった。お金を使って顔を売ることが、売上に直結するのも事実である。宗一郎も、接待によって、人の輪を広げたことで、同期入社で一番、給料も賞与も高かった。今、ここで接待をやめて、付き合いを断ち切ってしまうと、成績が落ちて、給料も賞与も下がるという悪いスパイラルに陥ってしまうかもしれない。そうなったら、賞与で消費者金融の借金を返済できなくなり、それこそ自己破産に陥ってしまう。

いつしか宗一郎は、「お金なんて、なんとかなるもんだ」という、根拠のない安心感を持つようになっていた。そして、「出世したら、浜崎先輩から錬金術を教えてもらえるから、金回りがもっとラクになるはずだ」と信じて、身の丈以上のお金を使い続けた。

錬金術師の最期

そんなある日、翔太から久しぶりに電話が入った。

「兄さん、元気にしてるかい？」

「ああ、お前はどうだ。消防署の人たちとうまくやっているか」

「もちろん、うまくやってるよ、今日も上司と飲んできたんだ」

「へーっ、お前、いつから酒を飲むようになったんだ」

「いや、僕は食べるのが専門だから、お酒は飲んでないよ。でも、上司が酔っ払っている隙《すき》に、ウーロン茶を注文して、全部、自分の水筒に入れてきちゃったけどね」

以前にも増して、セコさに磨きがかかった翔太の行動に、宗一郎はあきれ返った。

「――ところで兄さん」

翔太が、少しだけ声のトーンを落として話し始めた。

「今日、俺の勤めている新宿消防署に手紙が届いたんだよ」

宗一郎が「手紙？」と問いかけると、すぐに翔太は「義父《とう》さんから」と言葉を続けた。

「速達の手紙だったから、すぐに封を開けたんだけど、変なことが書いてあってさ」

「変なこと？」

宗一郎は、身を固くしながら聞き返した。

「宗一郎、翔太、お前ら兄弟に、会いたい」

翔太の読み上げた文章は、３年前に宗一郎が破り捨てた手紙の内容と、まったく同じだった。

「俺、実は先週、若手の消防士ということで、新聞に取り上げられたんだよ。小さな記事だったんだけど、たぶん、それを義父さんが見て、うちの新宿消防署宛に手紙を出してきたんじゃないかな」

2人が社会人になったと同時に、それまで暮らしていたアパートはすでに引き払い、別々に暮らしていた。おそらく、義父の出した手紙は、宛先不明で返送されていたのだろう。

「兄さん、どうする？　この手紙。住所も書いてあるんだけど――」

翔太が言い終わる前に、宗一郎は「そんな手紙、捨てちゃえよ」と吐き捨てるように言った。

「やつは、俺たち兄弟とは関係がない。血も繋がらない相手だから、会う必要もない」

宗一郎の厳しい口調に、翔太は「そうだね、そうだよね」と言うと、すぐに「で、さっきの話の続きなんだけどさ」と、気まずくなった話を切り替えてきた。

「うちの署の上司なんだけど……家族もいるのに、まったくお金に対しての知識がなくて、本当に驚いちゃってさ。そう思ったら、急に金遣いの荒い兄さんのことが心配になってね」

痛いところをつく電話の内容に、宗一郎は言葉を詰まらせてしまった。翔太の予想どおり、水道光熱費の引き落としの日が近づいており、さっき消費者金融からお金を借りてきたばかりだった。しかし、兄としてのプライドもあり、お金にルーズな話はしたくなかった。

「大丈夫だよ、俺はこう見えても、お金の管理だけはしっかりしているんだぞ。お金にだらしのない人間は、仕事もだらしないと思われるからな。そういう人間は、俺たちの業界では、絶対に出世できないんだ」

「へーっ、てっきり、広告業界って、金遣いの荒い人ばかりかと勘違いしていたよ」

「おいおい、それは広告代理店に対する偏見だぞ。いいか、派手にお金を使っているように見えるけど、あれは接待で、すべて会社の経費で落とせるんだ。だから、自分の財布が痛むわけじゃない。それに、俺はこう見えても、ちゃんと貯金しているんだぞ」

宗一郎は、浜崎のことを頭の中でイメージしながら、話をさらに続けた。

「俺も貯金のことで相談している先輩がいるんだけど、その人は何千人も社員がいる中で、名前を知らない人がいないほどの有名な人なんだ。その先輩は、毎日のように飲み歩いているのに、30代で貯金が1000万円以上もあるんだ。まさに、俺の人生の教本みたいな存在と言ってもいい人なんだ」

多少、話を盛っていたが、事情の分からない翔太は「へー、1000万円の貯金は凄《すご》いね」と素直に感心した声をあげた。

「相変わらず、兄さんの周りには、刺激的な人が多いね」

「ああ、俺はその先輩に、ブラザーって呼ばれているんだよ」

「えっ？　ブラザー？　プリンターの会社？」

「……違うよ、兄弟って意味だよ。アメリカの黒人社会で、仲間を呼び合うときに使われている単語さ」

「兄さん、いつから黒人になったんだい？」

宗一郎は、話がややこしくなりそうだったので「とにかく、毎日の仕事が楽しくてしょうがない」と、早々に話を切り上げることにした。翔太も疑問が解消されたわけではなかったが、「そうなんだ」と反応して、言葉を繋いだ。

「とにかく、お金のことで困ったら、いつでも相談してよ。俺、貯金のことについては、かなり勉強しているほうだからさ」

「分かったよ。お前は消防士だから、俺の家計が〝火の車〟になったら、助けに来てくれよ」

宗一郎は、これはかなり上手いジョークを言ったという自信があった。しかし翔太は、「炎上した車がタンクローリーだったら、消火するのに、化学消防車が必要だね」と、クソ真面目な対応をしたので、すっかり気持ちが萎《な》えてしまった。

「とりあえず、兄さんのその素敵な先輩を、今度、紹介してくれよ」

「忙しい人だからなぁ。まぁ、時間を作ってもらって、今度、ぜひ会わせてやるよ」

宗一郎はそう言うと、翔太からの電話を切った。

しかし——そのあと、翔太に浜崎を紹介することはできなかった。

なぜならば、それから数ヶ月後、浜崎はテレビ局のプロデューサーと結託して、ウソの番組をでっち上げ、クライアントからお金を騙《だま》し取っていたことが、会社に発覚したからである。しかも、その金額が、1億円以上にもなり、悪質ということで、浜崎は懲戒解雇になったのだ。数ヶ月前、翔太に電話で

〝社内で、名前を知らない人がいないほどの有名人〟と話したが、そのとおり、本当に社内でも悪名高き人になってしまったのである。

ガランとした浜崎の机の上を見て、ふと、ある発言を思い出していた。

「俺には、自己流の錬金術があるんだ。それを使えば、数百万円なんてお金は、朝飯前に調達することができる」

会社で出世して、プロデューサーと結託できるような地位になれば、この方法でいくらでもお金を生み出すことができる。もし自分が出世して、その錬金術を浜崎から教えられていたら、金に目がくらんで、自分も同じように横領していたかもしれない。宗一郎は、浜崎と似たような金銭感覚になっている自分が、急に恐ろしくなった。

それから数ヵ月後、税務署の担当者が、会社まで聞き取り調査にやってきた。どうやら、浜崎は横領したお金を申告せず、所得税を納めていなかったようだ。宗一郎は、浜崎とよく行動をともにした後輩として、税務署の担当者に呼び出された。そして、警察官のような厳しい口調で、問い詰められた。

「浜崎さんは、あなたともよく飲みに行ったと証言していますが、それは本当ですか？」

「ええ、本当です。でも、そんなに親しくはなかったですよ」

宗一郎の答えに、税務署の担当者は「本当にそうですか？」と、疑いの目を向けた。

「あなたは、浜崎さんとは、〝ブラザー〟と呼び合うほどの仲だったそうじゃないですか」

宗一郎は、面倒くさい話になりそうだったので、「それは違います」とキッパリと答えてしまった。

「何が、違うんですか？」

「いや、その、たぶん、それは〝ブラザー〟じゃなくて、〝ブラジャー〟のことですよ」

「は？　ブラジャー？」

その場の思いつきの発言だったが、宗一郎はあとに引けなくなって、さらに適当な言い訳を始めた。

「忘年会で女装したときに、ブラジャー姿が大うけされて、それ以来、浜崎さんは僕のことを〝ブラジャー〟って呼んでいました」

これで納得するはずがないとは思ったが、真面目な税務署の担当者は「なるほど」と、メモに〝ブラジャー〟と書き記した。そして、再び顔を上げると、宗一郎に、質問を投げかけた。

「２人で飲みに行った目的は、仕事の打ち合わせですか？　それとも、同僚として、遊びで飲みに行っただけですか？」

宗一郎は、「仕事の打ち合わせと、遊びの話の境目なんてないでしょ」とは思ったが、ちょっと考えてから、質問に答えた。

「浜崎さんとは、基本的に、仕事の話しかしていません。そもそも、同僚ではなく、先輩と後輩の仲なので、いろいろと営業のやり方を教えてもらっていました」

この発言によって、一緒に飲みに行ったときに、浜崎が使っていたクレジットカードの支払が、経費として認められるかどうかは分からなかった。ただ、世話になった浜崎の脱税した金額が、少しでも減ることに貢献できたのではないかと思い、宗一郎の気持ちは、少しだけラクになった。

この事件のあと、宗一郎は、会社の同僚と飲みに行く機会が激減していった。というのも、同僚と飲むと必ず浜崎の話題になり、「愛人がいたんだって？」「ギャンブル狂だったんだって？」という根も葉もない噂《うわさ》について、宗一郎は頻繁《ひんぱん》に質問されるようになっていたからである。社内でも、宗一郎が浜崎と親しくしていたことは周知の事実であり、みんなが興味本位で尋ねてくるのは、仕方のないことなのかもしれない。しかし、一緒に働いていた仲間に対して、急に手のひらを返して悪口を言う同僚たちを見て、宗一郎は距離を置きたい気持ちのほうが強くなっていた。

もちろん、会社のお金を横領した浜崎が悪いという事実は変えることができない。だが、それと同時に、宗一郎の面倒を一番みてくれた先輩という事実も変わることはない。自分の営業成績が同期で一番良いのも、浜崎が営業のイロハを教えてくれて、人に好かれるトーク術を伝授してくれたからだった。そう考えると、今の自分があるのは、浜崎のおかげだといっても、過言ではなかった。そして、その浜崎が横領で懲戒解雇になると、その批難が自分に向けられるのも、当然のことといえば当然だった。浜崎の悪口を、わざと宗一郎の耳に入るように語る人が社内に多いのは、仕事で溜《た》まっているうっ憤を晴らしたい気持ちも、多少はあるのかもしれない。

それからというもの、同僚と距離を置くようになった宗一郎は、今まで以上に仕事に打ち込むようになり、接待の数は、以前よりも増えていった。ただ、今までのように見栄を張るのはバカらしくなり、友達と飲みに行っても、割り勘にする機会が増えた。

すると、友達から誘われることも減り、無駄なお金を使うこともなくなっていった。気がつけば、消費者金融からお金を借りるような自転車操業ではなくなり、いつの間にか給料日前に銀行の口座残高を気にすることもなくなった。

そういう意味では、浜崎は、〝お金に、ルーズな人間にはなるな〟という人生の反面教師のような存在だったのかもしれない。そして最近、仕事で行き詰まると、宗一郎は浜崎の口癖を、たびたび思い出していた。

切り替えろよ――。

浜崎こそ、今、気持ちを切り替えることができているのだろうか。

もしかしたら、自分のことを〝ブラザー〟と呼びたがったのは、お金に対する不安から、そのつらさを分かち合える仲間が、欲しかっただけなのかもしれない。いつも、自分が相談するばかりで、浜崎の悩みを聞くことはなかった。

いや、浜崎の笑顔の中に、そんな不安や悩みがあったことすら、気付いてあげられなかった。

「ヘイ、ブラザー」

宗一郎はそうつぶやくと、胸の当たりがチクリと痛くなった。

A THRIFTY MAN

第3章

生命保険は人生で住宅の次に高い買い物、だからマジメに選びなさい

――毎月、高い保険料を払っていても、
保険金がもらえない!?

& A SPENDTHRIFT MAN

横田宗一郎／30歳
横田翔太／26歳

休憩室で、翔太がスマホをいじっていると、同期の大迫《おおさこ》が声をかけてきた。

「お前、お金のことに、詳しいんだって？」

突然の質問に、翔太は「は？」と間の抜けた返事をした。普段、ほとんど話をしない大迫から声を掛けられたので戸惑いがあったが、すぐに「棟方士長から、教えてもらったんだよ」という言葉を耳にして、「あぁ」と納得の表情を浮かべた。

5年前に飲みに行って以来、棟方士長とは貯金の話をよくするようになっていた。先日も東京オリンピックを3年後に控えて、物価や金利が上がるかどうかについて、話をしたばかりだった。

「ほんの少し、だけどね」

茶化されると感じた翔太は、そっけない返事をして、再びスマホに視線を落とした。

「実は、生命保険のことで悩んでてさ。相談に乗って欲しいんだ」

「生命保険？」

翔太が、顔を上げた。

「親戚の叔母さんで、生命保険会社の外交員をやっている人がいてさ。その人から、生命保険に入らないかって、勧められているんだよ。ただ、何度説明を聞いても、さっぱり分からないんだ」

大迫は眉間《みけん》に皺《しわ》を寄せると、生命保険の設計書を翔太に手渡した。翔太はそれを見ると「ふーん」と言って、そのまま大迫に突っ返した。

「ダメだな、こりゃ」

「やっぱり……ちょっと、心配だったんだよ。叔母さん自身も、よく理解していない感じでさ。この設計書には、月額２万円の保険料って書いてあるけど、１年間で合計すると、24万円だろ。そんな大金を毎年払うんだったら、自分で納得してから入りたいんだ。どんな生命保険がいいのか、教えてくれないか」

翔太は、何事もなかったかのような顔をして、すっと手のひらを突き出した。

「１０００円」

「は？」

「1000円払うなら、生命保険のこと、教えるよ」

「お前、友達から、お金を取るのか？」

大迫の問いかけに、翔太は「何を言ってんだよ」と、口元を嫌みっぽく緩《ゆる》めた。

「そもそも俺たちは、友達同士なのか？　同期で、配属された消防署も同じになったけど、今まで友達らしい会話や交流は、一度もなかっただろ。たまま、俺がお金に詳しいと知って、声をかけてきただけじゃないか」

もっともな指摘に、大迫は言葉に窮《きゅう》してしまった。翔太は、そんな大迫を見つめながら、話を続けた。

「さっき『その生命保険の保険料は、1年間で24万円にもなる』って、言ってただろ。そのあと、10年ごとに見直されていくと、ドンドン保険料は上がり続けて、65歳まで払うと、1000万円以上にもなるはずだ。そう考えると、生命保険は住宅に次いで、人生で二番目に高い買い物になるんだ。それを学ぶために、俺はたくさんの時間をかけて、たくさんの本を読んで、ノウハウを会得《えとく》している。それをお金に換算したら、1000円では足りないぐらいの投資を、俺は生命保険のノウハウを学ぶのにつぎ込んでいるんだぞ」

大迫は「んぐぐ」と、言葉を詰まらせた。その悔《くや》しそうな表情を見て、翔太は先ほどよりも、少しゆっくりとした口調で話を続けた。

「その生命保険のノウハウを分かりやすく、しかも丁寧に教える料金として、俺はたった1000円しか要求していない。これを親切だと感じてもらえないのは、逆に心外だな。大迫にとって、これからの人生で何百万円も節約できる、おトクな話をこれからするんだぞ」

大迫は、口を一文字にして唸《うな》った。確かに、翔太の態度は、不愉快そのものだった。しかし、それ以上に、翔太の生命保険のノウハウを知りたいという気持ちのほうが、強かった。

大迫は、渋々、財布から1000円札を取り出した。

「くだらない話だったら、返してもらうぞ」

翔太は「サンキュー」と言って、1000円札を受け取った。そして、そのお札を二つ折りにして、胸ポケットに入れると、淡々と話し始めた。

遠い親戚から生命保険を勧められた場合

「まず、お前が入ろうとしている生命保険は、『定期保険』と『終身保険』がセットになっているところに、大きな問題がある」

「ん？　生命保険って、何種類もあるのか？」

「生命保険は大きく、3種類に分けることができるんだ。まずひとつ目は、一定の期間中の掛け捨てで、大迫が病気になったときや死亡したときに、保険金が払われる『定期保険』というものだ。掛け捨てなので、一定の期間中に何も起こらなかったら、払った保険料は、戻ってこない」

「なるほど。今まで、生命保険っていうのは、その『定期保険』っていうものだけだと思ってたよ」

翔太は「そう考えている人は、実際に多いんだ」と、言葉を繋《つな》いだ。

「生命保険は、保険料を掛けておいて、自分が困ったときにお金をもらうという仕組みが原則だと、俺も思う。だから、大迫が『生命保険＝定期保険』と勘違いしていても、おかしな話じゃない。でも、それ以外にも生命保険は2種類あるんだ。そのひとつとして、保険の対象となる人、これを被保険者と呼ぶんだけど、今回の契約では大迫が死ぬまでずっと保障してくれて、亡くなったときに、保険金がもらえる『終身保険』という生命保険がある」

「へぇ、一定の期間という条件がなく、絶対に保険金がもらえるんだ。じゃあ、こっちのほうが、『定期保険』よりも、おトクじゃないか」

翔太は「そうとは、限らないんだ」と、大迫に丁寧に説明を始めた。

「例えば、定期保険の生命保険に入って、60歳までに亡くなったら、残された家族の１人が保険金をもらえるという条件があったとするだろ」

「60歳かぁ……あまり、そんな年齢で死ぬ気がしないな」

「そのとおり。60歳までに死ぬ確率は、男性が約８％で、女性が約４％しかない」

「あれ、俺が予想していたよりは、多いな。男性だと、100人中８人も死ぬってことだろ。意外と、保険金がもらえる家族が、多いんじゃないのかな？」

翔太は「いやいや、そうでもないんだよ」と話を続けた。

「生まれたときから病気だったり、子どもや若いときに病気にかかったりすると、そもそも生命保険に入れないこともある。本当に健康な状態で、『定期保険』に入って、かつ60歳までに死ぬ確率は、かなり低くなるんだ」

「そりゃそうだな。死にそうな状態で、生命保険に入れる訳がないもんな」

「だから、『定期保険』は、保険金が払われないことが多いから、月額1万円の保険料で、3000万円ぐらいの保険金がもらえるんだよ」

大迫は「それは凄《すご》い！」と唸った。

「まるで宝くじだな」

「60歳までに死ぬのは、それぐらいの確率だってことなんだ。一方、『終身保険』の場合は、必ず、保険金がもらえるだろ。だから、例えば、60歳までに100万円の保険料を払うと、それを運用して105万円ぐらいの保険金しかもらえないってことになる。もちろん、60歳までに死んでしまえば、100万円の保険料を支払わずに、105万円がもらえるけどね」

その話を聞いて、大迫が眉間に皺を寄せながら「ちょっと待てよ」と言葉を挟んできた。

「でも、さっきの話だと、その100万円を払わないで済む確率って、宝くじが当たるぐらいの確率ってことだろ。だったら、ほとんどの家族が何年もかけて100万円を払って、105万円をもらうだけってことか」

図4　生命保険の種類と特徴

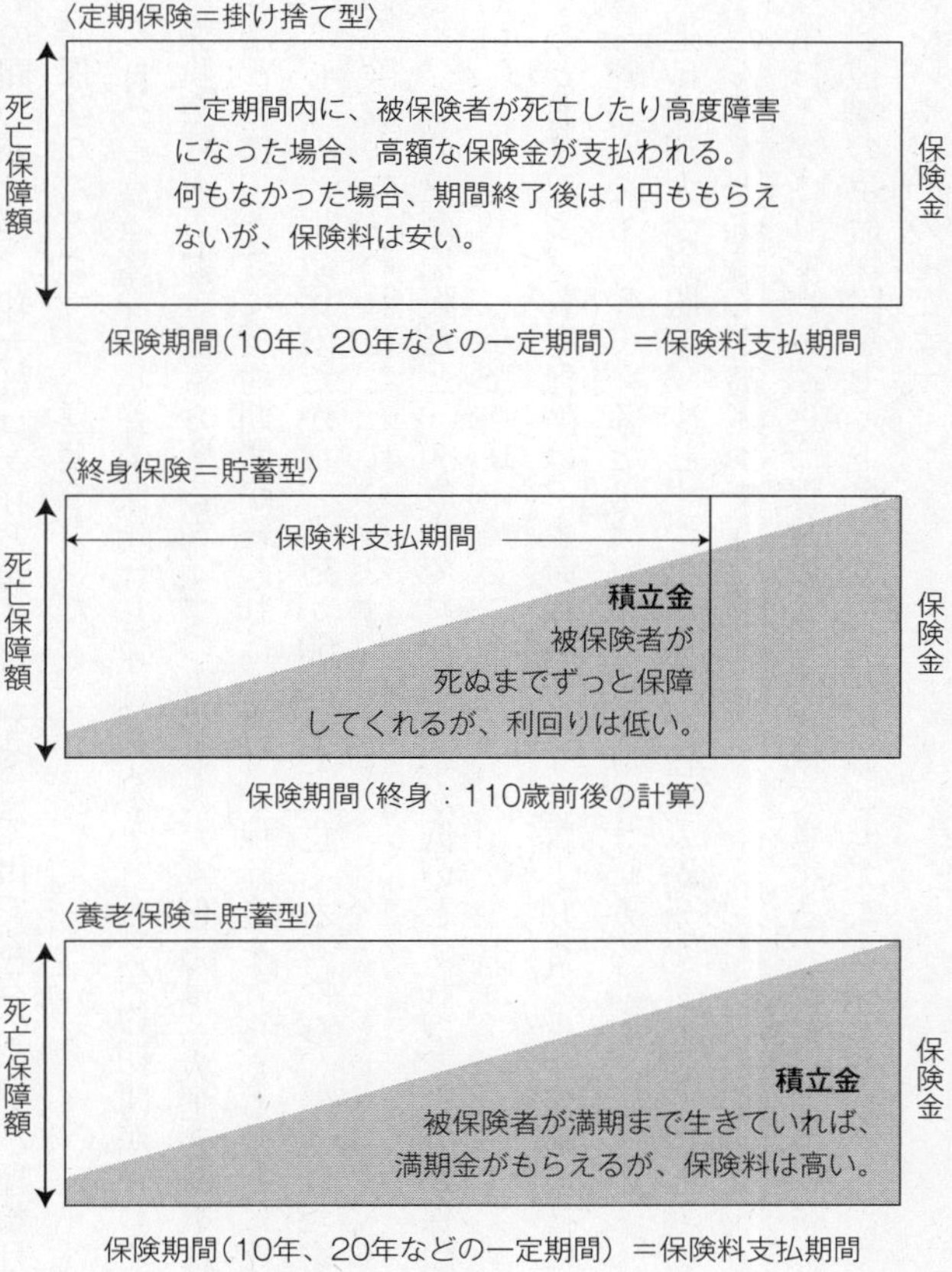
〈定期保険＝掛け捨て型〉
死亡保障額
一定期間内に、被保険者が死亡したり高度障害になった場合、高額な保険金が支払われる。何もなかった場合、期間終了後は１円ももらえないが、保険料は安い。
保険金
保険期間（10年、20年などの一定期間）＝保険料支払期間
〈終身保険＝貯蓄型〉
死亡保障額
保険料支払期間
積立金
被保険者が死ぬまでずっと保障してくれるが、利回りは低い。
保険金
保険期間（終身：110歳前後の計算）
〈養老保険＝貯蓄型〉
死亡保障額
積立金
被保険者が満期まで生きていれば、満期金がもらえるが、保険料は高い。
保険金
保険期間（10年、20年などの一定期間）＝保険料支払期間

その問いかけに、翔太はコクリと頷くと、「そこで出てくるのが、3種類目の生命保険なんだよ」と、言葉を繋いだ。

「3つ目の生命保険は、『養老保険』と呼ばれるもので、契約期間が終わると、保険会社からお金がもらえるタイプのものなんだ。例えば、大迫が60歳になったときに、そこで契約期間が終われば、自分が保険金をもらえることになる。もちろん、生命保険だから、大迫が60歳までに亡くなったら、残された家族に保険金が支払われることにもなるけどね」

「じゃ、この生命保険だと、60歳までに死ぬ確率が低いとすれば、自分が保険金をもらえる確率が、かなり高いってことだな」

「そのとおりだよ。養老保険は、生命保険という性質よりも、生命保険会社にお金を運用してもらっていると考えれば、分かりやすいかもね」

大迫は、翔太の説明で、少しずつ生命保険の仕組みが分かってきたこともあり、だんだんと気持ちが高ぶってきた。

「なるほど。これでだいぶ生命保険のことが理解できてきたぞ。つまり、これらの3種類の生命保険をセットにして、入ればいいってことなんだな」

「いやいや、その逆だよ」

「えっ、逆？」

「一つひとつの生命保険の仕組みを、ちゃんと理解できない人が、セットで生命保険に入ってしまうんだよ」

大迫は顔をしかめながら「そんなぁ」と言葉を詰まらせた。

「じゃあ、なにかい、俺は、叔母さんから、『定期保険』と『終身保険』のセット商品を勧められたのは、バカにされたってことなのか？」

「そこは、俺にもよく分かんないよ。もしかしたら、その叔母さん自身が、生命保険のことをよく分かっていないだけかもしれないからね。とにかく、生命保険はセット商品にしてしまうと、保険料のうち、どちらにいくら払っているのか、分からなくなってしまうから、よくないんだ」

大迫は「うーん、今ひとつ、セットがダメな理由がよくわかんないなぁ」と、首をかしげた。それを見て翔太は「じゃあ、こういう話に譬《たと》えれば分かるかな」と、さらに丁寧な口調で話を続けた。

「大迫が、ファストフードに行って、よく注文するのは何だ？」

「俺は大食いだから、ビッグバーガーをいつも注文するね」

「でも、注文するのはビッグバーガー単品じゃないだろ」

「ああ、いつもセットだ。そのほうが注文するときラクだし、安くなってるからな」

「でも、単品だと360円で、セットだと650円にもなる。本当に、ドリンクやポテトは、いつも食べたいものなのか？」

その問いかけに、大迫は「そうだなぁ」と、渋い表情をしながら言葉を返した。

「何となく、セットのほうがおトクかなって、無意識に買っているけど、ポテトは、油っぽいから、夏とかはいらないときもあるな」

「それだけじゃない。ドリンクだって、スーパーで買えば、量も多くて安くなるだろ」

「あっ、そうか。でもさぁ、コンビニは近くにあるけど、スーパーはちょっと遠いし、50円以内の差だったら、わざわざ買いに行かないな。それを買いに行くためにかかる労力と時間を考えたら、ファストフードで買ったほうが断然いい」

翔太は「50円ならね」と、ゆっくりと話し始めた。

「そのくらいの金額だったら、大迫の言うとおりでいいと思うよ。でも、1ヶ月の保険料が2万円だとすれば、おそらくセットにしたことで、無駄な保険料を毎月5000円は支払うことになるぞ。そうなると、これを毎月40年間も払っているとしたら、どうなる？」

翔太の問いかけに、大迫は表情を急変させて、自分のスマホの電卓機能で計算をし始めた。そして、答えが出ると、「冗談じゃないぞ！」と叫んで、翔太の肩を摑んで揺すり始めた。

「月々5000円だったら1年間で6万円、40年間だと240万円も無駄に払うことになるじゃないか！」

翔太は「そのとおり」と言って、首を大きく縦に振った。

「だから、時間と労力をかけて、3種類の生命保険をセット商品で買わずに、自分に必要な生命保険を単品で探して、買わなきゃいけないんだよ」

「おいおい、ちょっと待てよ。今、お前は生命保険を〝買う〟って言ったけど、生命保険は〝買う〟じゃなくて、〝入る〟だろ？」

大迫の素朴な疑問に、翔太は、首を横に振った。

「生命保険は金融商品だから、〝買う〟が正しいんだよ。買ってトクなのか、それとも損なのかを見極める必要があるんだ」

「実は、叔母さんから『月額2万円の保険で、本当に安心できるのか？』って、ずっと言われていたんだよ。もっと高い保険料でも設計書が作れるから、考え直さないかって、しつこく聞かれたんだ。でも実際に、俺は、いくらの保険料を払うのが適正なのかな？」

その問いかけに、翔太は「それは難しい質問だな」と、ゆっくりとした口調で大迫に話し始めた。

「保険料をいくら支払うかなんて、自分が病気になったときに、保険金がいくら欲しいのか、そういう細かい条件を決めなければ、結論は出ない。叔母さんに自分の条件を伝えて、もう一度、新しい設計書を提示してもらったほうがいいんじゃないのかな」

大迫が「設計書って、そんなに簡単に作り変えられるのか？」と、言葉を返してきた。すると翔太は、「当たり前だろ」と、淡々と言葉を繋いだ。

「だって、すでに結婚している人もいれば、しばらく独身で暮らしたい人もいるだろ。両親も親戚も健康な人もいれば、みんな癌《がん》で死んだという家系の人もいる。それに、タバコを吸い続けていたり、若いときからかなり太っていたりして、健康に不安を抱えている人もいれば、毎日、運動をして健康な人もいる。各人の生活環境や健康などを考えれば、生命保険のバリエーションは、何百通りもあって、当然だろ。その中から、自分にあった商品を見つけて、買わなくてはいけないんだ。設計書は、何度作り直したって切りがないぐらいだよ」

大迫は、急に不安な表情を浮かべた。

「……そんな難しいこと、俺にできるかな」

翔太は「それでも、やるしかないんだよ」と、大迫の肩を叩いた。

「いいか、よく聞いてくれ。セットで生命保険に入って、無駄な条件が付いて高くなるぐらいだったら、それはまだ許せる。最悪なのは、自分にとって、必要な保障がついていない生命保険を買わされたときだ」

「どういうことだ？」

「考えてみろよ、例えば、遺伝で自分は癌になる確率が高いと予想して、生命保険を買ってたとする。それなのに、実際に癌になったときに、生命保険の契約期間が終わっていて、１円ももらえずに、手術代が払えず死んでしまったら、それこそ最悪だろ？」

「……それは最悪だな」

「だから、『俺にできるかな』って尻込みしている場合じゃないんだよ。自分のためにも、ちゃんと、生命保険は選んで買わないと、一生後悔することになるぞ」

大迫は腕を組んで、唸った。叔母さんだからと信頼していたところもあったが、相手もやっぱり仕事である。そもそも、叔母さん自身に、セットじゃなく、単品では、手数料が払われる。生命保険が売れれば、叔母さんのところに生命保険を売るという発想がないかもしれない。

俯《うつむ》いて唸り続ける大迫に対して、さらに、翔太は話を続けた。

「お前の叔母さんが勧めるセット商品だから、あんまり批判したくなかったけど……ハッキリ言って、この生命保険の設計書は、よくない部分が多すぎる」

大迫は、覚悟を決めた表情で「遠慮しなくていい。どこが、ダメなんだ」と尋ねてきた。すると翔太は「じゃあ、言わせてもらうが――」と続けた。

「このセット商品は、『定期保険』の部分がほとんどで、『終身保険』の部分はちょっとしか付いていない。つまり、保険料のほとんどが、掛け捨てということになる」

「叔母さんは、『この生命保険は、お金が戻ってくるから、いいんだ』って、俺に勧めてたんだぜ。さっきの翔太の説明だと、『終身保険』の部分が戻ってくるという意味だったんだな」

翔太は頷くと、設計書を指差した。

「ただ、この『終身保険』の保障として、死亡保険金は１０５万円しかもらえない」

「えっ！　さっき支払う保険料が１０００万円以上になるって言ってたけど、それが、たった１０５万円にしかならないのか！」

大迫は、悲鳴のような声を上げた。

「その支払う１０００万円以上の保険料というのも、最低額だと考えるべきだな」

「おいおい、もっと、増えるってことなのか……」

翔太はコクリと頷くと、さらに深刻な表情をした。

「このセット商品は、『終身保険』の部分が小さいから、保険料のほとんどが、掛け捨ての『定期保険』に充《あ》てられていることになるんだよ」

「でも、それだけ、病気になったり、死んだりしたら、多くの保険金がもらえるってことだろ」

「そのとおり。病気のときの保障は、かなり厚くなっている。ここ、読んでみなよ」

翔太は、小さな文字で書かれている保障の一覧の部分を指差した。大迫は、それを見ながら、ゆっくりとその文章を読み上げ始めた。

「えーっと、本来の保障は、死亡時に3000万円、あとは病気のときの特約で、手術時特約、入院給付特約、八大疾病特約、傷害特約、災害特約、ガン特約、上皮内新生物特約、ガン入院特約、先進医療保障特約、退院給付特約、介護保障特約……おいおい、まだ特約が続くのか?」

「お前、毎年、消防署で受ける健康診断で、血圧とか、体脂肪とか、血液検査のコレステロール値の結果とか、あまりよくないのか?」

「いや、まったく健康そのものだけど」

「それにしては、この設計書では、60歳までに、かなり大きな病気になりそうな特約が、たくさん付いているよな」

「……うーん、そうだな」

大迫は、不安そうに、「ここまで、保障が厚くなくてもいいような気がするぞ」と言って、翔太の顔をまじまじと見た。すると翔太は、大きな目をくりくりとさせながら、設計書の他の部分を指さした。

「ここの一文も見てみろよ。『10年ごとに保険料を見直す』ってしっかり書かれているだろ。年齢が上がるほど、病気になったり、ケガをしたり、死ぬ確率も高くなる。それなのに、こんなに保障が厚くなっていたら、俺が予想した以上に、保険料が上がるのは、確定だな」

大迫は「なんなんだよー！」と叫んで、頭を掻《か》きむしりながらしゃがみこんだ。

「叔母さんは、俺に『まだ若いから、保険料が安くてよかったですね』って、笑ってたんだぞ。それに、将来、払う保険料が増えるなんて、一言も言ってなかった」

「それは将来、保険料が増えたときに、新しい生命保険の設計書を持ってきて、『こっちのほうが、安くなりますよ』と、転換させるつもりだからじゃないのかな。保険料は安くなるかもしれないが、保障は薄くなってしまう。本来なら、年齢が上がるにつれて、病気になる確率が高くなるから、保障を厚くしなければいけないんだけどな。保険料が高ければ、現実には、そういう条件をつけるのは、諦《あきら》めざるを得ない」

「そんな……」

大迫は生命保険の設計書を見つめながら、言葉を失った。

「俺は、騙《だま》されてたのか？」

力のない大迫の言葉に、翔太は、真剣な顔で言い放った。

「単純に、その叔母さんの知識が足りないという理由なのかもしれないが、ちょっとひどすぎるかな。だって、お前、まだ独身だったよな？」

「ああ、独り身だ」

「今、お前が死んで、誰か、生活に困る家族がいるのか？　両親とか、兄弟とか」

「両親は年金をもらっているし、妹は、すでに結婚してるし……俺とは関係なく、生活しているよ」

「だとすると、『定期保険』の死亡時の3000万円も、『終身保険』の105万円も、必要ないよな」

「……確かに、そうだな。とすると、俺は、さっき説明していた3つ目の『養老保険』に入るべきだってことなのか？」

翔太は「おっ、少し分かってきたな」と、大迫の肩を人差し指で突いた。

「俺が、今の大迫の立場だったら、『養老保険』に入っておくかな。今の養老保険の利回りは、そんなに高くないけど、銀行の定期預金の利率よりは、ちょっといいからな」

「無駄に、銀行に預けておくぐらいなら、『養老保険』のほうがいいってことか。これだけで、十分なのか？」

翔太は「そうだなぁ」と、言葉を繋げた。

「あとは、『定期保険』に、単品で入っておくかな」

「えっ、さっき、死亡時の3000万円の保険金受取人がいないから必要ないって、言ってたじゃないか」

「死亡したときの保障はいらないけど、病気やケガをしたり、入院したりしたときに保険金が受け取れる『医療保険』は、必要じゃないかな。これも保険料が掛け捨てになる、『定期保険』の一種なんだよ」

「おおっ、その『医療保険』は、入っておくと、なんだかトクしそうだな」

翔太は「いや、実はそうでもないんだよ」と、首を大きく横に振った。

「実は、この生命保険は損をする場合が多いんだよ。つまり、自分が払った保険料よりも、受け取る保険金のほうが少ないことが、ほとんどなんだ」

「じゃあ、そんな『医療保険』なんて、入る必要ないよ」

「でも、俺たちの職業って、危険な仕事だろ。もちろん、火災現場でケガをしたら、公的な災害補償基金をもらえるかもしれないけど、それ以外で、煙をたくさん吸い込んだり、夜勤もあるし勤務時間も不規則だから、病気になる確率も高い。そのとき、俺たちは他の職業に転職して、バリバリ働くことはできないだろ」

大迫は「うーん、確かにそのとおりだ」と、腕を組んだ。

「俺は勉強が苦手だし、座って仕事するというイメージも湧《わ》かないしなぁ。病気を治して、消防士を続けるしか、生きる道はないよな」

「だから、手術代や入院給付金がもらえる『医療保険』には、ちゃんと入っておく価値がある。病気をせずに、健康なままで定年退職を迎えられたときに、結果的に、保険料は無駄になるかもしれないけど、損をしたとは思わないはずだろ」

大迫は「そのとおりだ」と言って、医療保険に入ることを心の中で決めた。

しかし、同時に、自分の職業が消防士だと知りながら、そんなこともアドバイスしてくれなかった叔母さんに、怒りを覚え始めていた。「このセットになった生命保険の商品は、うちの会社で、以前から一番売れているのよ」と教えられて、危うく、まったく意味のない商品を買わされるところだった。

でも、よくよく考えてみると、その親戚の叔母さんというのも、なんだか怪しい気もしてきた。自分の母親の弟の奥さんの妹という、よく関係が分からないほど遠い親戚で、ほとんど顔を合わせたこともないし、子どものころに、お年玉をもらった記憶もない。それなのに、「こんなに大きくなって」と急に親戚面《づら》して近づいてきた時点で、もっと警戒するべきだった。

「なんだか、人間不信になりそうだよ」

大迫が頭を抱え込んだ。すると翔太は諭《さと》すような口調で、丁寧に話し始めた。

「生命保険は、自分の通帳には残らない、見えない貯金と考えるべきなんだよ。できるだけ多くの貯金を残すためには、ドライに条件を比較しなければ、結局、自分が損をすることになってしまうんだ。それを、友達だったり、血縁関係だったりという理由だけで、勧められたものを、ちゃんと理解もせずに、信用して生命保険に入ってしまうと、損をする確率が高くなるんだよ」

「その叔母さんの働いている生命保険会社が売っている商品が、俺にピッタリという保証は、どこにもないからな。でも、そうなると、いろいろな生命保険を扱っているファイナンシャルプランナーに、相談したほうが良かったのかな?」

「まぁ、彼らは、生命保険のプロだから、信頼はできる。ただ、彼らだって、1人ですべての生命保険を扱っているわけじゃない。やっぱり、何人かに会って、じっくりと話を聞いて、最後は自分で理解して、意思決定しなくちゃいけないんだよ」

大迫は「いろんな人に会うって、かなり面倒だなぁ」と言って、頬杖《ほおづえ》をついて顔を歪《ゆが》めた。しかし、すぐに「あっ!」という声をあげて、指を鳴らした。

「それなら、今流行《はや》りのインターネットで申し込める生命保険って、どうだろう? あれなら、いちいち人に会わなくても済むし、その場で、生命保険の条件を設定すれば保険料を計算してくれるから、比較も簡単だろ。そもそも、インターネットだから、保険料は安くなるはずだし」

翔太はニコリと笑って、手のひらを突き出してきた。

「なんだよ、この手は」

「さっきの1000円は、大迫が検討していた生命保険へのアドバイス料だ。ここからは、新たに検討する生命保険の話になるから、追加で、お金をもらわないとね」

「……いくらだよ」

「そうだな、さっきもお金を払ってくれたから、今回は特別に、500円でいいよ」

大迫は「何が、特別だよ」とブツブツ言いながら、財布から500円玉を取り出して翔太に手渡した。翔太は、お金を胸ポケットに入れると、「まいど」と、落ち着いた口調でゆっくりと話し始めた。

「まず、最初にインターネットの生命保険の大きな誤解を、ひとつ解いておきたい」

「誤解？」

「インターネットの生命保険は、噂《うわさ》されているほど、保険料は安くならない」

「えっ、なんで？　インターネットなら、人件費や家賃が少なくて済むから、その分、保険料は安くなるだろ」

翔太は、大きな目を見開きながら、首を横に振った。

「確かに、インターネットで売っている生命保険のほうが、経費は小さくて済む。しかし、そこには、大きな弱点もあるんだ」

大迫が「弱点？」と聞き返すと、翔太は「ちょっと、回りくどい説明になるかもしれないが――」と前置きをした上で、言葉を繋いだ。

「一般的に、商品を売るときの情報の優位性は、商品を取り扱う売り手側にある。例えば、産地偽装の米や野菜がスーパーで売られていても、消費者は騙されて、買ってしまうだろ」

「そりゃあ、外国産の食べ物でも、スーパーの棚に『国産』と書かれていたら、それを信じるしかないからな」

「ところが、生命保険に関しては、これが逆なんだ。つまり、商品の買い手側に、情報の優位性があるんだよ」

「どういう意味だ？」

「例えば、大迫がある病気を抱えていたとしよう。でも、生命保険に入りたいから、『健康だ』というウソを相手についたとする。その場合、生命保険会社は、どうなる？」

大迫は自信満々に「大損だね」と答えた。

「だって、病気なのにウソをついて、生命保険に入るんだろ。それで、すぐに死なれてしまったら、それこそ、ウソをつかれた生命保険会社が、バカを見ることになる」

翔太は「正解」と言って、ゆっくりとした口調で説明を始めた。

「だから、損をしないために、生命保険会社は、保険の対象となる人、つまり被保険者にいろいろな質問をしたり、健康診断書を提出させたりするんだよ。医師を連れてきて、その場で診断してもらうことだってある。相手のウソを見抜くことに、生命保険会社は、かなりの経費をかけているんだ。だとすれば、一度も顔を合わせないで、インターネットで申し込みができてしまう生命保険はそのリスクが大きいと、分かるだろ？」

大迫は「なるほど」と、大袈裟《おおげさ》に頷《うなず》いた。

「それでも、もちろん、直接会っても、すべてのウソを見抜くのは難しいかもしれないけど、会話の中で分かることもある。インターネットのほうが、あきらかにウソがつきやすいだろうな。ただ、それと保険料の金額に、どんな関係があるんだ？」

翔太は「それは単純な話だよ」と、言葉を続けた。

「買う側がウソをついていたら、生命保険会社は無駄な保険金を払うリスクが高くなるだろ。そうなると、それを加味して、保険料を高くしておかなければいけない。しかも、ウソがつきやすいとなれば、そんな人たちが、ドンドン集まるから、リスクは増えるばかりだ」

「そっか！　事故が多いスポーツカーの車両保険が高いのと同じで、リスクが高い生命保険は、必然的に、保険料も高くなってしまうんだな」

大迫は、「やっぱり、生命保険は対面販売に限るな」と、1人腕を組んで頷いて、言葉を繋いだ。

「インターネットだから安いと無意識に思い込んでしまうのは、危険ってことなんだな」

「本当に安ければ、インターネットの生命保険会社が、もっと乱立するはずだろ。でも、やっぱり、1年間の生命保険の契約件数が1位や2位になるのは、営業マンが対面で売っている生命保険会社なんだよ。営業マンという人件費をかけてでも、リスクを減らすことができれば、保険料は安くできて、買ってもらえるってことを、生命保険会社は知っているんだ」

翔太は、「じゃ、そういうことで」と話を切り上げて、席から立ち上がろうとした。それと同時に、大迫は「ちょっと待った！」と大声で叫んで、翔太の前に立ちはだかった。そして、財布から1000円札を一枚取り出して、翔太の前に突き出した。

「お願いがある」

「突然、なんだよ」

「俺が、養老保険と医療保険のパンフレットを、いろんな生命保険会社から掻き集めてくるからさ。どれがいいか、選ぶのを手伝って欲しいんだ」

翔太はニヤリと笑うと、大迫の差し出した１０００円札を、パッと手にとった。

「まぁ、本来だったら１０００円だと安いんだけど……自分から出してきたということで、大幅に値引きして、これで引き受けてやるよ」

翔太がそう言うと、大迫は「やっぱり、お前は友達だよ！」と言って、翔太と嬉しそうにハイタッチを交わした。

企業年金は、退職金よりも所得税が安くなる

この日、安い居酒屋チェーン店のカウンター席で、宗一郎は雪永《ゆきなが》乳業の神前《しんぜん》部長と２人で酒を飲んでいた。

神前部長は、アセンの藤野部長と比べて厳格で、財布の紐《ひも》も堅い人だった。飲みに行っても、一次会の居酒屋で解散となるし、終電を逃してまで飲み続けることもなかった。

また、神前部長は、酒が入ると決まって〝説教〟を始める癖があった。面倒くさい性格ということで、社内では誰にも構ってもらえず、結局、飲む相手は、営業で出入りする宗一郎と決まっていた。

「俺がなぜ、雪永乳業に入社したか、教えてやろうか」

この質問を振られたときに、宗一郎は「そんなの知りたくもねぇよ」と心の中で叫んだ。しかし、ぐっと言葉を飲み込んで、得意の〝宗一郎スマイル〟で「ぜひ、教えてください！」と笑顔で聞き返した。すると、神前部長は「まずは、キミの意見を聞かせてくれ」と、これまた面倒な言葉を返してきた。宗一郎は、「お前が、質問してきたんだろ」と思いながらも、「うーん」と考えた振りをしていると、神前部長が「いいことを教えてやるよ」と、見下した口調で話し始めた。

「他人に依存せず、自分の意見を持つってことはな、社会人にとって、とても大事なことなんだぞ」

宗一郎は「なんだ、そりゃ？」とあきれ返った。そんな薄っぺらな説教を、取引先の部長にドヤ顔で話される筋合いはなかった。このような〝クソ〟みたいな〝アドバイス〟を、〝クソバイス〟と呼ぶらしいが、まさに神前部長の話は、7割ぐらいがクソバイスだった。

とにかく、神前部長の癇《かん》に障《さわ》らないように、宗一郎は、とりあえず無難な回答でその場を逃げ切ろうとした。

「そうですねぇ、乳製品メーカーに勤めているってことは……神前部長は、牛乳がお好きだったからじゃないですか？」

神前部長は「ぶっぷー、ハズレ」と嬉しそうに言うと、ハイボールをぐびぐびと飲み始めた。

「俺、牛乳が嫌いなんだよね」

「じゃあ、なぜ、雪永乳業に入社したんですか？」

「会社が有名で、規模が大きく、安定していたからだよ」

宗一郎は「なんだ、そのつまらない理由は」と唖然《あぜん》とした。ある程度、クソつまらない回答になることは予想していたが、ここまでとは想定外だった。

ただ、よくよく考えてみると、大企業のサラリーマンのほとんどが、神前部長と同じ理由で入社しているはずだ。仕事が面白いとか、やりがいがあるなんていうのは、入社のときに分かるはずがない。あとで働きながら、自分で見つけるしかない。とすれば、神前部長の志望動機は、ごくごく当たり前の回答でもあった。

宗一郎が、そんな冷めた心境であることも知らず、神前部長は、自分のことを饒舌《じょうぜつ》に語り始めた。

「俺、北海道出身でさ。雪永乳業と聞けば、タクシーの運転手でも知っている有名な会社なんだよね。乳製品メーカーの業界でシェアは1位だし、販売代理店は、全国で1000店もある。それもグループ会社と考えれば、社員をすべて合計したら、10万人以上にもなるんだぞ。しかも、会社説明会で過去100年間、ずっと売上と利益が少しずつ上がってきたグラフを見せられたとき、俺は、この会社は絶対につぶれないと、直感したんだ」

神前部長はきょろきょろと周囲を見回して、宗一郎の耳元で声を潜《ひそ》めて話し始めた。

「なぁ、俺たちのうしろ側に座っているサラリーマン、あいつら、サイバンスエージェントの社員だろ。さっき、あいつらの会話が、チラッと聞こえてきたんだよ」

　宗一郎は、さりげなくうしろを振り返った。そのテーブルには４人の若い男が座っており、話が盛り上がっているのか、楽しそうにお酒を飲んでいた。

「サイバンスエージェントって……最近、急成長しているＩＴの業界のコンサルティング会社ですよね」

「ＩＴの業界は、華やかで仕事も面白そうだが、会社の売上は安定していないだろ。もし業績が赤字になれば、すぐにリストラされてしまう。あそこで酒を飲んでいる若い奴らも、今は仕事が楽しくていいかもしれないが、この先どうなるか分からんよ。俺には、ああいう人生のリスクを背負って生きていくやつらの心境が、さっぱり分からんね」

　神前部長は枝豆をつまんで、その皮を皿に放り投げた。宗一郎は、神前部長の話を肯定したほうが長引かないと思い、雪永乳業をとにかく褒《ほ》めることに、専念した。

「ＩＴの業界は、新しいサービスが開始されたり、新しい技術が開発されたりすると、一瞬で業界のシェアがひっくり返ってしまいますからね。今まで、必要だったサービスが、突如、いらなくなることも、頻繁《ひんぱん》にあるから、不安定な業界ですよ。それに比べて、雪永乳業などの乳製品メーカーの業界は、人間にとって、必需品である〝衣食住〟のうち、〝食〟を扱っていますから。いきなり、乳製品に代わる商品が開発されることはないし、乳製品を買う人がいなくなることもないから、永遠に安定してますね」

宗一郎は、自分自身でうまいことを言ったと感じた。しかし、神前部長は、

「そうとも限らんぞ」と、深刻な表情を浮かべて言葉を返してきた。

「どういうことですか？」

「〝食〟という理由だけでは、安定しているとは断言できない。飲料水メーカーのアセンなんか、見てみろよ。ビールの価格競争で、アップアップなんじゃないのか」

宗一郎は、頭の中でアセンの藤野部長との会話を思い出していた。確かに、価格競争で大変だと、ずっと口にしていた。

「それに比べて、雪永乳業は価格競争とは無縁なんだよ。乳製品メーカーの業界ほど商品の値段が安定しているところは、他にはないと断言してもいいね」

「なぜ、価格競争にならないんですか？」

「教えてやろうか」

神前部長は、にやりと笑って、宗一郎のことを見た。さすがに、今度はその先の答えが知りたくなり、宗一郎は本音で「お願いします」と頭を下げた。すると、神前部長は、「まずは、意見が聞きたいな」と再び面倒くさいことを言い出して、まるでクイズの司会者のような態度で、椅子《いす》にふんぞり返った。

宗一郎は、「ややこしい人だなぁ」と思いながらも、渋々、自分なりの回答を述べることにした。

「雪永乳業は、小学校や中学校の給食用の牛乳も取り扱っているから……おそらく、取引先が市町村だと、価格競争になりにくいんですかね」

神前部長は「まぁ、それもひとつの理由だな」と、言葉を繋いだ。

「実は、牛乳って、すべて売り切れてしまうから、価格競争がおきにくいんだよ」

「えっ、牛乳って、そんなに需要が伸びているんですか？」

「伸びているわけじゃない。最近、日本の畜産農家の数が減ってきているんだ。だから、市販される牛乳の量が足りず、ほとんどのスーパーやコンビニで在庫が残ることがないんだ」

これは宗一郎にとって、目からウロコの話だった。酪農は斜陽産業だとは予想していたが、それゆえに牛乳の生産者が足りず、価格競争がおきにくくなっていたのだ。いつもは〝クソバイス〟と、バカにしていた神前部長の話だったが、今回は、非常に興味深い。そこで新たな疑問が、宗一郎の頭の中に浮かんできた。

「すみません、ひとつ質問していいでしょうか」

「なんだい？」

「なぜ、畜産農家が減ってきているんでしょうか？　牛乳が足りなければ、儲《もう》かるチャンスがあるから、新規に参入する会社が増えるはずですが」

神前部長は「いい質問するねぇ」と、自慢げに話し始めた。

「法律が改正されたことで、今は、牛糞《ぎゅうふん》が産業廃棄物になっていて、捨てるとコストがかかるんだよ。だから、牛乳を作っても、利益がかなり薄くなってしまったんだ。さらに、仕事もキツイ畜産農家は、後継者もいないから、誰もやりたがらない」

「畜産農家って、重労働のイメージがありますからね」

「大変なのは、体力的なことだけじゃない。精神的にも大変なんだ。牛乳は、牛の体調によって、出方が変わってしまう。だから、適当に牛を育てればいいってもんじゃない。猛暑が続けば、牛も体力が衰えて乳も出にくくなるし、病気になれば、人間と同じように、24時間体制で、看病してあげなくてはいけない」

「生きている動物を相手にする仕事ですからね。でも、そうだとすれば、今後も畜産農家が減っていくんじゃないですか？　そしたら、雪永乳業も牛乳の調達ができなくなることだって――」

そこまで言いかけたところで、神前部長は「ところが、うちは大丈夫なんだよね」と、頬を緩めながら、宗一郎のことを見た。

「日本中のすべての畜産農家がいなくなることは、あり得ない。牛乳は健康ブームで、子どもだけではなく、大人も飲んでいるから、絶対に需要はなくならない。それに、牛乳は飲むだけじゃなく、ヨーグルトの原料や、チーズを作るときにも必要だろ」

「じゃあ、もしかしたら、ライバル会社に、その数少ない畜産農家との契約を取られてしまう可能性も――」

宗一郎が再び言いかけたところで、神前部長は「それもないな」と完全否定した。

「なぜならば、今までずっと、雪永乳業は全国の畜産農家と契約をして、安定した価格で牛乳を買い上げてきたからね。情に厚い畜産農家の人たちが、恩を忘れて裏切ることはないよ。それに、さっきも言ったように、畜産業は、採算を合わせるのが難しいビジネスモデルになってしまった。だから、新規で参入する畜産農家はほとんどいなくて、雪永乳業に対抗しようとする競合会社が出てくる可能性も、ゼロに近い。その証拠に、過去100年で、うちを脅《おびや》かす会社は、1社も出現してこなかった」

宗一郎は、雪永乳業が〝超〟がつくほどの安泰企業であることをようやく理解した。誰も参入してこないからこそ、ライバルも生まれないし、価格競争にも巻き込まれない。そして、将来的に、牛乳の生産者が減れば、それをより独占できることになる。

宗一郎の心中を察してなのか、神前部長は、自分の入社した動機を再び話し始めた。

「俺は、学生時代に雪永乳業こそが、究極の安泰企業だということを発見したんだ。内定をもらったときに、『これで俺の人生設計は、完成した!』と大きな声で叫んだんだよ。実際に、今まで働いてきて、会社はずっと黒字だったし、赤字になりそうになったという噂すら、まったく聞いたことがない。それに、うちの会社の給料は高くはないけど、下がったこともない。毎年一定の率で昇給しているんだ。そして、会社のＯＢになれば、厚生年金とは別に、企業年金もずっともらえるから、老後生活は悠々自適《ゆうゆうじてき》だ」

ふと宗一郎は、〝企業年金〟という単語が気になった。

「すみません、また質問してもいいでしょうか？」

「なんだね」

「うちの会社では、退職したあと、厚生年金はもらえるはずですが、あとは退職金制度があるだけです。でも、さっき神前部長が言っていた〝企業年金〟っていうものは、退職金と比べても、そんなにいいものなんでしょうか」

宗一郎の度重なる真剣な質問に、神前部長は嬉しくなったのか、「よし、じゃあ、教えてやろう」と、腕まくりをして話し始めた。

「まず、所得税は累進課税になっていることを、知ってるか？」

「累進課税ですか……聞いたことないですね」

「分かりやすく言えば、税率が給料の金額に比例して上がらない税金のことだ」

「えっ、給料が高くなっても、所得税って、比例して上がらないってことですか？」

神前部長は「違う、違う」と首を横に振った。

「例えば、消費税は、誰でも、買った金額に同じ税率がかかるだろ」

「ああ、そうでしたね。給料が３００万円の人でも、給料が1億円の人でも、1万円の商品を買ったときには、その10％で１０００円という消費税を払いますからね」

「それが、10万円の商品だったら、やはり10％をかけて１００００円になるから、消費税は〝比例してかかる税金〟だってことになる。それに対して、私が、『所得税は、税率が比例しない』と言ったのは、給料が増えると、それにかける所得税の税率が上がっていくという意味なんだ。例えば、社会保険料を無視すれば、給料が３００万円の人の所得税は、約37万円になるけど、給料が１０００万円の人の所得税は、約１９０万円に上がってしまう。つまり、給料は3．3倍でも、所得税は5倍以上になっているだろ」

「あっ、ホントだ。比例していませんね」

宗一郎は、少し間の抜けた声を発した。

「つまり、所得税は、給料が上がると、一気に上がってしまうんだ。これを累進課税と呼ぶ。だから、給料はできるだけ、一生涯で平均してもらったほうが、トクになるんだ」

「じゃ、野球選手が高い年俸をもらっても、そのときの所得税は高くなるから、一生涯にならすと、手取りは少なくなるってことですね」

「だから、野球選手は引退してからも、一生懸命働いている人が多いんだよ。しかも、一度にたくさんお金をもらうと、無駄遣いもしてしまう」

「そうなると、うちの会社の退職金も、手取りでは、かなり少なくなってしまうのか……」

宗一郎は顔をしかめた。しかし、神前部長は「だけど――」と続けた。

「退職金は、老後の生活費という意味合いが強いので、そこに多額の所得税をかけるのは、いくらなんでも、かわいそうだろ」

「ホントに、ひどい話ですよ」

「そこで、退職金には、そこから一定の金額を差し引いて、しかも所得税の税率を2分の1にしてくれる特例が使えるんだ」

「じゃあ、企業年金と退職金を比較しても、そんなに所得税で大損しているというわけじゃないんですね」

宗一郎が嬉しそうに話すと、神前部長は待っていましたと言わんばかりに、「ところがどっこい」とさらに続けた。

「それでも、やっぱり企業年金の所得税のほうが、一般的には安くなるんだ。それに、一般の会社は80歳までとか期限が決まっているんだが、うちの会社の企業年金は、死ぬまでもらえる〝終身年金〟なんだよ。だから、公的な厚生年金に上乗せして、生きているかぎり、ずっともらえることになるんだ」

宗一郎は、「ちょっと、待ってください」と、言葉を挟んできた。

「でもそれって、早く死んでしまったら、もらえる金額も少なくなるってことですよね。それは、リスクじゃないんですか？」

「それは、リスクじゃない。俺は、安泰な一生を終えることを、夢見て生きているんだ。別に、早く死んで、もらえる年金が少なくなることに、不安はないよ。それより、退職金をもらって、その大切なお金に所得税がかかって、しかもそれを使い切ってしまうんじゃないかと、ビクビクしながら老後を過ごすほうが、ずっと嫌なんだ」

宗一郎は「うーん」と、腕を組んで唸った。そして、頭の中に新たに浮かんできた疑問を、そのまま神前部長に投げかけた。

「すみません。さっき、神前部長は、雪永乳業に就職した理由を〝規模が大きく、安定した会社〟という条件で選んだって教えてくれましたよね」

「ああ、そうだ」

「究極の安定した職業という意味では、やっぱり私は公務員だと思うんです。それに、平均して給料をもらうほうが、手取りが多くなるという理論も、雪永乳業より、公務員のほうが合っているんじゃないでしょうか？」

その問いかけに、神前部長は「一時は、公務員になることも考えたよ」と、話を続けた。

「だけど、雪永乳業は乳製品メーカーの業界でトップだから、公務員に比べると給料が高いんだ。大学生のときに、一生涯の給料を計算してみたら、公務員よりも２０００万円も多かった。それに、企業年金を上乗せされるんだぞ。もう俺は、雪永乳業を選ぶしかないだろ」

宗一郎は、ふと弟の翔太のことを思い出した。

アセンの藤野部長の話には、共感するところが多かったが、雪永乳業の神前部長の話に、刺激を受けることはほとんどなかった。それでも、こうやって神前部長の話に耳を傾けてしまうのは、ときどき、人生に役立つ話が挟まれているからだった。説教くさい話でも、最後まで聞いていると、少しは自分のためになるところは、弟の翔太の話と似ているところがあった。

「やっぱり、人生と仕事は、安定しているのが、一番ですね」

宗一郎が気分よく、まとめようとしたところ、神前部長が「安定と言えば……」と、思いついたように話し始めた。

「キミは、生命保険に入っているのかい？」

「生命保険ですか？　いやー、なんか説明を聞くのも面倒だから、入ってないですね」

宗一郎が、何気なくそう答えると、神前部長は「それは社会人として常識がなさすぎだぞ！」と、大声で怒鳴った。

宗一郎は「やべっ、クソバイスのスイッチが入ったか？」と、心の中で叫んだ。しかし、時はすでに遅し。神前部長は、生命保険について、宗一郎にとくとくと話し始めた。

「いいか、日本人全体の約80％が生命保険に入っていて、20代でも55％の人が入っているんだぞ。キミは、ちょうど、今年で30歳だったよな」

宗一郎は「そうです」と短く返事をすると、〝帰りたいモード〟になっていることを神前部長に気づかせるために、テーブルのグラスや皿を整理し始めた。ところが、神前部長は〝説教モード〟に突入しているため、そんな空気などお構いなしに、くどくどと話を続けた。

「世の中には、生命保険に入りたくても、病気で入れない人がいっぱいいるんだよ。それなのに、キミは健康で、しかも給料もそれなりにもらっているはずなのに、なぜ、生命保険に入っていない！」

「はぁ、なぜって、聞かれても……」

「もし、明日にでも大ケガをしたり、病気になったりしたら、もう入れなくなるんだぞ」

「多分、健康ですし、ケガもしませんから、大丈夫ですよ」

「いや、もしかしたら、今日の帰りに、誰かにホームから突き落とされるかもしれないぞ」

「……私、そんな人の恨《うら》みを買ったりしてませんよ」

「ん、待てよ、もしかしたら、動物園から逃げ出した大アリクイに、嚙《か》まれて大ケガをするかもしれないぞ」

「そんな訳の分からない理由で、ケガをしたってニュース、聞いたことないですよ！」

「いやいや、キミの名前が書かれた藁《わら》人形を燃やされて、明日の朝、病気になって入院する可能性のほうが、もっと高いかもしれないな」

「……神前部長」

「なんだね」

「生命保険の話、ちゃんと聞きますから。だから、勝手に私が大ケガしたり、病気になったりする妄想《もうそう》はやめてくださいよ」

神前部長は「分かった。じゃ、今から言うことをメモしろよ」と、語気を強めて話し始めた。宗一郎は、心の中で「マジで、面倒くせぇなぁ」とつぶやきながらも、渋々、鞄の中からメモ帳を取り出した。

「オッホン、よく聞け。キミが生命保険に入っていないのは……世の中を舐《な》めているからなんだよ！」

「はぁ、舐める……ですか」

宗一郎は、手帳に「なめる」と平仮名で書き込んだ。その横にたくさん〝？〟を書き込んで、がんばって、メモを取る振りをしてみせた。

「どうだ、これで生命保険に入る気になったか？」

「は？」

宗一郎は、「今のが、わざわざメモをするアドバイスかよ！」と心の中で思い、間の抜けた声を発した。

「もう一度、質問するぞ。生命保険に入る気になったか？」

宗一郎は「はいはい、なりましたよ」と、面倒くさそうに答えた。

「将来の人生設計を、考えるようになったか？」

「はいはい、なりましたよ、なりました」

どうせ、神前部長もかなり酒が入っているので、覚えていないだろうとタカをくって、宗一郎は適当に相槌《あいづち》を打った。

「よし、じゃあ、今から俺の知っている生保レディを紹介してやろう」

「は？　どういうことですか？」

神前部長は、手元のスマホから電話をかけ始めた。

「あー、俺だよ。この間は世話になったね。うん。うん。実はさ、俺の取引先の子でさ、生命保険に入りたいやつがいてさ。うん、うん、すごーいお勧めのプランを見繕《みつくろ》ってくれないかな」

神前部長が、電話で話しているすぐ横で、宗一郎は小さなため息をついた。やっぱり、神前部長はクソバイスな人で、ちょっとでも隙《すき》を見せると、こういうややこしい話に巻き込もうとするんだなと、改めて認識した。

しかし、このくらい強引な状況にならないと、生命保険に入らないのも事実である。宗一郎は、これはこれで、神前部長にいい機会をもらったと、前向きに考えることにした。


「じゃあ、ここにも判子を捺《お》してちょうだいね」

40歳過ぎの化粧の濃い生保レディの指示どおり、宗一郎は、書類に判子を捺した。商品のパンフレットと細かい条件が書かれた約款《やっかん》をもらったが、「生命保険なんて、どれも同じだろ」と考えていたので、その書類を開くこともなかった。そもそも、神前部長から紹介された生命保険会社は、業界のシェアがナンバーワンで有名な会社だったこともあり、お客が損をするような生命保険を売るはずがないと、勝手に思い込んでいた。また、生保レディからは、「なんでも、質問してちょうだい」とも言われたが、生命保険の知識もないので、何を聞いてよいのかさえも、よく分からない状態だった。

「この定期保険と終身保険がセットになった生命保険は、昔から、一番売れているんですよ。しかも、宗一郎さんは30歳とお若いから、保険料が安くなって、よかったですね」

生保レディは、「今日、私と出会って、ホントにラッキーだったわ」と付け加えて、嬉しそうに判子が捺された書類を整理しながら、話を続けた。

「この生命保険は、掛けた保険料に対して、死亡保険金の金額が、業界で一番高額なの」

宗一郎はピンとこなかったが、死亡保険金の受取人を弟にしたことで、なんとなく兄としての役目を果たした満足感はあった。

生保レディは、帰りぎわまでずっと、一方的に話し続けた。そして、両手を叩きながら「そうだ、そうだ」と、思い出したように話を付け加えた。

「この間、結花《ゆうか》さんと、会ったわよ。キレイなかたね」

生保レディは、肘《ひじ》で宗一郎の脇腹を突いてきた。

「もう、会ってくれたんですか？」

「そうよ、だって大事な彼女なんでしょ。私、張り切っちゃったわよ」

結花は、宗一郎の新しい彼女だった。取引先の営業アシスタントをしている結花は、美人でスタイルもよく、宗一郎はすぐに一目ぼれしてしまった。

そして、3ヶ月の猛アタックの末、ようやく交際までこぎつけた。

もともと、結花は中学校から大学までずっとバスケットをやっていた体育会系の子で、一緒にいるだけで、周囲の人を元気にしてくれる魅力があった。宗一郎にとって、結花は、理想の〝結婚したい女性〟でもあり、将来について、漠然《ばくぜん》とイメージするようになった、初めての女性でもあった。

そんなある日、結花から生命保険の相談を受けたので、宗一郎は目の前にいる生保レディを紹介したのである。

「結花さんには、『ご両親が、受取人になる生命保険に入れば』って、提案したんだけど……ご両親のほうから、『娘が死んだときのお金なんて、いらない』って断られちゃったのよね」

宗一郎は「子どもが死んで、親がお金をもらうのはおかしいだろ」と思いながらも、「そうなんですね」と適当に相槌を打った。

「それで、結花さんには、保険料が運用されて、契約期間が満期になると戻ってくる『養老保険』にだけ、入ってもらうことにしたのよ」

「養老保険……ですか」

「そうよ。でも、彼女って、アウトドア派で、スポーツが大好きだからケガすることがありそうでしょ。だから、入院給付特約と傷害特約は、つけておいたほうがいいと思うんだけど、どうかしら？」

宗一郎は、養老保険でお金を運用という意味がよくわからなかったが、〝特約〟という単語に、おトクになる響きがあった。身体を動かすことが好きで、少しおっちょこちょいな性格の結花は、その特約を付けておいたほうがいいだろうと、宗一郎は勝手にイメージを膨らませた。

「じゃあ、その養老保険とかいうものに、適当に特約を付けて、見繕っておいてくださいよ」

「毎月の保険料は、いくらぐらいにします？」

「は？　それは、結花本人から聞かないと」

「いや、ほら、そうだけど……将来、結花さんと一緒になるんだったら、あなたにも関係することかなぁと思ってね」

生保レディは、ニヤニヤしながら、もう一度、宗一郎の脇腹を肘で突いた。

悪い気分がしなかった宗一郎は、頬を緩めながら「そうだなぁ」と、2人が新婚生活を送っている光景を頭の中に思い描いた。

「結花も、いい大人だからなぁ、ケガなんて、そうそうするもんじゃないだろうし」

「だったら、特約の部分は〝安心料〟のつもりで、最低限のものをつけて、それ以外は、養老保険の保険料にしておくわね。もちろん、宗一郎さんが、この生命保険をお勧めしてたってことも、ちゃんと言っとくわよ」

「ありがとうございます。俺からも結花には、『特約は、あくまで安心料だから』って、伝えておきますね」

宗一郎は、深々と頭を下げた。生保レディが「こちらこそ、よろしくね」とお辞儀をしようとしたところ、再び、「あ、そういえば――」と、言葉を繋いできた。

「結花さんから教えてもらったんだけど、今度、あなたの弟さんと3人で、旅行に行くんですって？」

「ええ、3人で、スノーボードをやりに行くことになったんです」

2週間前、翔太から電話がかかってきたときに、宗一郎は、紹介したい女性がいることを告げた。すると、翔太は自分のことのように喜んで、ぜひ一回、会いたいと言ってきた。今まで2人だけの兄弟の中に、本当の新しい家族が増えることで、翔太にも嬉しいと感じて欲しいと願っていた。それに、美人で明るい結花を見せて、自慢したいという意図《いと》も、宗一郎にはあった。

翔太は、「お金がもったいないから、家に一緒に来ればいいじゃん」と主張した。しかし、貧乏性の翔太が作った節約料理を出されたら、結花を不快にさせる可能性がある。宗一郎は悩んだ挙句《あげく》、結花も翔太もスポーツが好きだという共通点を見つけて、新潟県の湯沢町にある会社の保養施設に行って、一緒にスノーボードをしようと誘うことにした。お金がかかることを嫌がる翔太は、最初はこの提案に渋い態度をとっていたが、旅費や食事代も、宗一郎がすべて負担するという条件を付けると、喜んで了承してくれた。

「今度、弟さんも紹介してよ。ぴったりの生命保険の設計書を作って、持っていきますから」

宗一郎は「そのうちね」と、はぐらかした。

本当は、有名な生命保険会社で働く生保レディだし、貧乏性の翔太は生命保険に入っていないだろうから、すぐにでも紹介したいところであった。しかし、翔太は「そんなお金があったら、貯金する」と言い出しそうだったので、恥ずかしくて紹介したくないという感情のほうが強かった。

それでも、社会常識を教えるのが兄の役目だと宗一郎は考えていた。そのため、神前部長の受け売りではあったが、生命保険の大切さを、この旅行で翔太に説明してやろうと思い、パンフレットを丁寧に鞄の中にしまい込んだ。

ケガをしても保険金がもらえない

「こうやって、滑ればいいのよ」

「あ、ホントだ」

「翔太さん、飲み込み早い！」

「いや、結花さんの教え方が、上手《うま》いからですよ」

翔太と結花は、派手なコブ坂を豪快にジャンプしながら、宗一郎よりもずっと先を滑っていた。消防士でもある翔太は、昔から運動神経がよく、スノーボードの初心者にもかかわらず、あっという間に、宗一郎よりも、上手に滑れるようになっていた。

結花も、宗一郎とスノーボードに来たのは４回目だったが、いつも２人で初心者コースを滑ることに、物足りなさを感じていた。そのため、翔太と一緒に滑ることが楽しくなり、夕暮れどきには、山深い上級者コースにまで入り込んでいた。

いつのまにか3人は、コースから外れて、森の中を滑っていた。宗一郎は、転びながら2人についていくのが、やっとの状態だった。

「宗一郎さん、もっと奥のほうに行きましょうよ」

「そうだよ、兄さん。誰も踏み込んでいない新雪のほうが、面白そうだよ」

翔太は、大きな目を見開いて、宗一郎に手を振った。

宗一郎は、正直、そろそろ引き返したい気持ちで、いっぱいだった。ナイターの明かりが麓《ふもと》で点《つ》き始めていたし、風も強くなってきていた。でも、ここで「もう引き返そう」と声をかけたら、兄としてのメンツがつぶれそうな気がした。そのため、宗一郎は弱音を飲み込み、明るい声で「あとから、行くよ」と、作り笑顔で手を振ることにした。

こんな情けない状態だと、どっちが彼氏なのか、分からなくなってしまう。宗一郎の心中には、漠然とした焦《あせ》りが生まれ始めていた。湯沢町に着くまでの間も、車の中で結花は自分と話す以上に、翔太と盛り上がっていた。特に節約術や貧乏な話などは、翔太が面白おかしくアレンジしたこともあり、結花は腹を抱えながら笑っていた。宗一郎は、翔太の貧乏な話が恥ずかしくなり、何度もやめるように忠告した。

しかし、最後には結花から「お金を浪費する自慢話よりは、ずっと面白いわよ」と嫌みを言われて、黙ってしまった。だからなおさら、宗一郎から、引き返そうと提案できるような雰囲気ではなかったのである。

一方で、たった1人の肉親である弟が、将来、自分の妻になる女性と仲良くすることは、ある意味、微笑《ほほえ》ましい光景でもあった。小学生のころに母を亡くし、義父の虐待にあい、家が燃え、そのあと児童養護施設で育った環境と比べて、今は夢のような生活だと考えていい。人並みの幸せを摑《つか》めていることは、宗一郎にとっても、幸福だと感じられた。だから、もう少し3人で過ごす時間を楽しみたいという願望《がんぼう》もあった。

「きゃー！」

結花の叫び声が、森の中に響き渡った。宗一郎が駆け寄ると、翔太が地面に倒れた結花のそばにいた。

「どうしたんだ！」

「転んじゃって……足が、足が痛い」

結花が、顔を歪ませながら呻《うめ》いた。翔太は結花の足を触ると「靭帯《じんたい》を痛めちゃったかも」と、表情を硬くした。

「靭帯って……結花、歩けるか？」

「ごめん、たぶん、無理」

宗一郎は顔を上げて、周囲を見渡した。完全に日が落ちて、辺りは暗くなり、人の気配がまったくなかった。風は先ほどよりも強くなり、冷たい雪が顔に当たった。スマホを取り出してみたが、電波が圏外になっており、助けを呼ぶこともできない。

「だから、俺は、こんなコースを外れたところを滑るのは、嫌だったんだよ！」

宗一郎は頭に血がのぼり、翔太に向かって、大声で叫んだ。

「ごめん……つい楽しくなって」

「だいたい、お前、今日は浮かれすぎだぞ」

「いや、ホント、こんなことになるんだったら、もっと冷静でいるべきだった」

「今さら、冷静もクソもあるか！　お前に責任があるんだぞ！」

責め立てる宗一郎に、結花が「もうやめて！」と苦しそうな声をあげた。

「ケガをしたのは、私のせいよ。だから、翔太さんを責めないで」

翔太を庇《かば》う結花を見て、宗一郎は軽いショックを受けた。それと同時に、兄としてのプライドも傷つけられ、一気に興奮が冷めてしまった。

「兄さん、あそこを見てみてよ」

目を凝《こ》らすと、翔太が指をさした先に森の中に小屋のようなものが見えた。

「行ってみよう」

結花を抱きかかえようとしたが、雪が深くて足が取られてしまい、そのまま尻もちをついて、ひっくり返ってしまった。

「俺がやるよ」

翔太はそう言うと、結花を軽々と背負って歩き出した。消防士として、日々訓練をしていることもあり、深い雪の中をザクザクと平気な顔をして進んでいった。

3人が辿《たど》り着いたのは、資材置き場だった。左右の壁と屋根は木の板で囲まれており、背後は小さな崖《がけ》が壁の役割をしていた。しかし、正面は屋外にさらされたままなので、冷たい風がそこから間断《かんだん》なく、吹き込んでいた。

「ここで、一夜を明かすしかないな」

翔太の提案に、宗一郎は、激しい口調で反論した。

「こんなところで、夜を明かすつもりなのか！　これじゃ、野宿と同じじゃないか！　こんな湿った服を着たままだと、3人とも凍《こご》え死ぬぞ！」

翔太は、気持ちを抑えながら冷静に答えた。

「このまま結花さんを背負って、麓まで降りるのは無理だ。しかも、夜だから道に迷ったら、それこそ遭難《そうなん》だよ。それよりも、ここで一夜を明かして、明日、俺か兄さんのどちらかが助けを呼んできたほうが、助かる確率は高い」

「しかし――」

宗一郎が、さらに反論しようとしたとき、結花が「翔太さんに、従うわ」と言った。

「この足で今から下まで降りるのは、体力的に、もう無理。あとは、この寒さだけを、どうにかできれば……」

結花は、ガタガタと震えながら、両腕を自分の手でつかんだ。宗一郎が慌てて駆け寄って、結花の身体をさすった。結花は「大丈夫」と言いながらも、震えが止まる気配がなかった。

「暖《だん》を取って、服を乾かすことが先決だな」

翔太は、足もとに転がっていた焦げ付いた一斗缶《いっとかん》を手に取った。どうやらこの資材置き場で、暖を取った人たちがいたのだろう。

「でも、この雪の中で、火の点きそうな乾いた木なんて……」

結花の発言を遮《さえぎ》るように、翔太は黙って自分の着ていた上着を、結花の背中にかけた。そして、吹雪の中に向かって、1人で歩き出した。

宗一郎は、翔太のうしろ姿を見守りながら、ふと我に返り、結花の顔を覗《のぞ》き込んだ。結花は涙目になっていて、頬《ほお》は赤く染まっていた。宗一郎は「まずい！」と心の中で叫ぶと、同じように自分の上着を結花の背中にかけて、急いで外に飛び出していった。この先、3人がどうなるかという心配よりも、結花の心が、翔太に奪われるのではないかという不安のほうが、宗一郎の中で大きく膨らんでいった。

数分後、2人は木の枝を両手に抱えて、資材置き場に戻ってきた。

「だいぶ、湿気《しけ》ってるな」

翔太は大きな目を細めながら、木の表面をなでた。

「兄さんはタバコを吸うから、ライターを持っているよね」

宗一郎は「ああ」と、胸ポケットから100円ライターを取り出した。それを翔太に手渡そうとしたが、すぐにその手を引っ込めた。

「俺が、点けるよ」

宗一郎は、結花の前で少しでもカッコいいところを見せようと、自分で木に火を点けようと考えた。「お前は、黙って見ていろ」と翔太を手で制すると、身をかがめて、木にライターの火を近づけた。

だが、さっき雪の中から掘り出したばかりの木に、火が点くはずがない。宗一郎は木を細く割いたり、風でライターの火が消えないように手で覆《おお》ってみたりしたが、それでも一向に火が点く気配はなかった。

「さ、寒い……」

結花が再び、ガタガタと震え始めた。宗一郎は、ライターの着火ボタンを押すたびに、だんだんと気持ちが萎《な》えていった。

そのときふと、宗一郎の頭の中に、ある記憶がよみがえってきた。「高校を卒業して消防士になる」と主張する翔太と賭《か》けをしたとき、翔太はガスの入っていないライターに、火を点けた。

「翔太、お前だったら、この木に火を点けられるよな」

宗一郎は、自分の持っていたライターを翔太に差し出した。すでに、翔太は覚悟していたかのように、落ち着いた口調で返した。

「たぶん、ね」

「なら、この木に、今すぐ火を点けてくれ」

「俺は……消防士だから、火を消すのが仕事だけど」

「冗談を言っている場合じゃないだろ」

宗一郎は、真顔で翔太の顔を見た。できるだけ早く火を点けて、結花の服を乾かして、身体を温めてあげたいという気持ちだった。と同時に、翔太の火を自在にコントロールする能力を、もう一度目の前で見たいという好奇心もあった。

義父を火だるまにしたときも、火の海の中で逃げ道を作ったときも、そして、ガスのないライターに火を点けたときも——翔太の周りには常に〝火〟の存在があった。そして、〝火〟を自分の意思で支配できるからこそ、翔太は消防士という仕事を選んだのではないか。この疑念は、今まで確信とはなっていなかったが、宗一郎の心の奥底でくすぶっていたものでもあった。

「さぁ、点けてくれ」

今度は、翔太が一斗缶の前にしゃがみ込むと、その中に入れられた湿った木を手に取り、大きな目をさらに見開いて、両手で木の表面をなで回した。

「点くかな、火」

翔太が、小声でポツリとつぶやいた。

「お前なら、できるよ」

「そうかな」

「ああ、大丈夫、絶対にできる」

宗一郎が繰り返すと、翔太は「だったら――兄さんも、この木に火が点くことを、強く祈ってくれよ」と、顔に小さな笑みを浮かべながら言った。

宗一郎は、チラッと横で震える結花の顔を見た。今は、翔太の火を点ける能力に頼るしかない。宗一郎は、翔太の言うとおり、「火が点いてくれ！」と心の中で強く願った。

その瞬間、周囲がぱっと明るくなると、一斗缶に入っていた木に勢いよく火が点き、メラメラと燃え始めたのである。

「あったかい……」

結花は、火が点いた一斗缶の前に、這《は》いつくばって近寄って行った。

「これだけの火が点けば、今夜は、なんとか凌《しの》げそうだな」

翔太の表情は、火が点いた安堵感《あんどかん》のせいか、優しい笑みに包まれていた。宗一郎もホッとした気持ちになって、身体から緊張感が一気に抜けて、その場にしゃがみこんだ。

そのあと、結花は日中の疲れもあってか、すぐにその場で寝入ってしまった。火を囲んだことによって、3人の着ているウエアはすべて乾き、そのうち雪や風も落ち着いて、森の中は静かさを取り戻していた。

火に木をくべながら、翔太が宗一郎に話しかけた。

「俺が火を見ているから、兄さんは、もう寝なよ」

宗一郎は眠たくて仕方がなかったが、ここで寝てしまったら、兄としての立場がない。眠たい目をこすりながら「お前のほうこそ、寝ていいぞ」と強気の返事をした。しかし、翔太は表情ひとつ変えず、淡々と宗一郎に言葉を返してきた。

「俺は大丈夫だよ。それに、こうやって火を見ているのは、飽きないからね」

宗一郎は、ドキッと胸を高鳴らせた。そして、ちょうどいい機会なので、翔太に火を操る不思議な力があるのか、尋ねようとした。その言葉がのど元まで出かかった瞬間、翔太のほうが先に口を開いた。

「そういえば、兄さん、また手紙が届いたんだよ」

「手紙？」

翔太は背負っていたリュックの中から、一通の封筒を取り出すと、宗一郎に手渡した。速達の赤い判子が捺されていた封筒の裏には、差出人の名前が書かれていた。

「横田憲明」

義父の名前だった。そして、封筒を開けると、いつもと同じ文章が書かれていた。

「宗一郎、翔太、お前ら兄弟に、会いたい」

宗一郎は、その手紙を握り締めると、そのまま目の前の焚き火《たび》の中に放り込んだ。翔太も止めることなく、大きな目でじっと見続けた。

「なんなんだよ、まったく」

宗一郎の力のない言葉に、翔太も「そうだよね」とつぶやいた。気まずい間を空けたくなかった宗一郎は、すぐに言葉を発した。

「あんな奴、会いたくもないし、会う必要もないんだよ」

「まぁ、他人だからね」

「そう、他人なんだよ。それなのに、今さら俺たちに会いたいだなんて——きっと金を借りたいとか、保証人になれとか、ろくな頼みごとじゃないんだぜ」

宗一郎は、だんだんと心の奥底から、抑えられない怒りが込み上げてきた。

理由はどうあれ、なぜ、義父は、そこまでして自分たち兄弟に会いたがっているのか、まったく分からなかった。金をせびるなら、直接、翔太の勤めている新宿消防署に乗り込んだっていいし、電話をかけてきたっていいはずである。それなのに、回りくどく「会いたい」などと女々しい手紙を書いてきて、しかも何年にもわたって出し続ける理由が、まったく理解できなかった。

あれだけ俺たちを虐待し続けていた義父が、今さら血も繋《つな》がっていない自分たち兄弟に会いたい理由は、一体何なのか。実の子どもじゃあるまいし——そう考えた瞬間、宗一郎の頭の中に、変なスイッチが入った。

「実の子ども――」

もしかしたら、義父は義理の父ではなく、本当の父親なのではないのか。だから、今になって、俺たち兄弟に会いたいと言ってきているのではないか。

ただ、これは、口に出すのがおぞましいぐらい、宗一郎にとって気分の悪くなる発想だった。今まで心の底から憎み、誰よりも恨んでいた義父が、自分の本当の父親だったなんて、想像するだけでも吐き気がした。

そして、この気分の悪い発想は、絶対に翔太には告げてはいけないことだと直感した。自分と同じぐらい、義父を恨んでいる翔太も、この発想に嫌悪感を持つはずである。それどころか、翔太は義父を火だるまにした張本人でもある。もし、本当の父親だったら――あまりにも残酷なストーリーが宗一郎の頭の中を過《よぎ》った。

次の日の朝、翔太が周囲を探策すると、３人の避難している場所が、ゴンドラ乗り場に近いことが分かった。そのため、救助隊を呼ぶこともなく、結花を抱えて、３人はゴンドラで下山することができた。

宗一郎は、スキー場のすぐ近くにある大きな病院に結花を連れて行った。翔太もついていこうとしたが、日勤が入っていたので、消防署に午後から出勤すると連絡してから、東京に電車で戻っていった。宗一郎は、名誉挽回《ばんかい》できるチャンスだと思い、会社に体調不良という理由で休暇をもらい、結花の治療に付き添うことにした。

一方、結花は靭帯を痛めたとはいえ、診察して応急手当てさえしてもらえば、すぐに帰れると考えていた。ところが、手当が遅れたことで、医師からは、簡単な手術が必要だと告げられてしまった。そして、すぐにこの病院で手術すれば、３日間の入院ですむが、東京に戻ってから手術すると、今よりも病状が悪化する可能性があるとも告げられ、どうするか選択を迫られてしまった。

結花は、実家の近くの東京の病院での手術を希望したが、宗一郎はここで手術して入院することを勧めた。表向きは、「東京の病院は混んでいるので、手術が遅れるリスクがある」と主張したが、本音は、東京に戻れば、翔太が見舞いにくるという不安があったので、こちらで手術を済ませたかったのだ。

結花はその日の午後に手術を受け、3日間だけその病院の個室に入院することになった。

そして、2泊したあとの3日目の朝――。

宗一郎は、病院の近くにあった果物屋に寄って、フルーツの盛り合わせを買うと、結花の見舞いに行った。病室に入ると、結花は「今日、退院するのに大袈裟なんだから」と、笑って宗一郎の肩を叩いた。

しかし、すぐに笑顔は消えて、表情を曇らせた。

「どうしたの？」

「さっき看護師さんから教えてもらったんだけど――結構高いみたいなのよ、手術代と入院費」

「えっ、だって簡単な手術だって言っていたし、入院したのも3日だけだよ」

「この個室、この病院で一番高いんだって。ほら、私、急患だったから、他の病室が空いていなくて、ここしか入れなかったじゃない」

結花は、看護師から渡された請求書を宗一郎に見せた。

「えっ、30万円！」

宗一郎は言葉を詰まらせた。手術代が20万円で、差額ベッド代と食事代が10

万円で、合計30万円。宗一郎は桁《けた》を間違ったのかと思い、もう一度、ゼロを数え直した。しかし、やはり30万円という金額に変わりはなかった。

「手術代が20万円もするのか」

「うん、でもさっきの看護師さんの説明だと、その手術代って、私が働いている会社が加入している健康保険組合を使っているから、その金額なんだって」

「健康保険組合って……なんだ、それ？」

「宗一郎さんも、毎月、給与明細を見ると、社会保険料が差し引かれているでしょ。その支払い先のことよ」

結花の話を聞いても、宗一郎はピンとこなかった。今まで給与明細なんて、封も開けずにゴミ箱に捨てていたので、見たことがなかったのだ。

「で、その健康保険組合が使えるって、どういう意味なんだ？」

「風邪をひいて病院に行ったときに、その窓口で健康保険証を出せば、自分の負担は全体の3割になるじゃない……それは、もちろん、知ってるでしょ？」

その問いかけに、宗一郎は思わず「知らなかったよ」とつぶやいた。

「健康保険証って、そういう意味で出してたのか」

宗一郎の発言に、結花は頭を抱えながらも、さらに話を続けた。

「だから、手術代としては、60万円以上もかかっているんだって」

「くっそ、あのヤブ医者め。簡単な手術だって言ってたくせに。俺たちを騙したのか。それじゃ、入院費も2泊で10万円が3割負担だとしたら、全部で30万円にもなるってことか。今どきの高級ホテルだって、1泊3万円ぐらいじゃないか。1泊15万円って、ぼったくりホテルなみだぞ！」

怒りで震える宗一郎に対して、結花が言葉を発した。

「個室の差額ベッド代や食事代は、健康保険組合が使えないのよ。全部、私の負担になるの。だから、1泊5万円って計算になるわね」

「まぁそれでも、高すぎだよ。ちょっと、文句を言ってくる」

立ち上がった宗一郎に対して、結花は「やめて」と、腕を摑んだ。「お医者さんも、看護師さんも、一生懸命やってくれたんだから、文句はよくないわよ」と言って、首をもたげた。

このときふと、宗一郎の頭の中に、生保レディとの話が呼び起こされてきた。

「入院給付特約と傷害特約は、つけておいたほうがいいと思うんだけど――」

あのときは、入院給付特約と聞いても、ピンとはこなかったが、単語の意味からすれば、明らかに今回の手術代と入院費に使えそうだった。

「結花、生命保険会社に連絡してみようよ。きっと、保険金が出るはずだよ」

それに対して、結花の反応は、冷ややかだった。

「私も同じことを考えて、さっき、紹介してもらった生保レディに連絡してみたのよ。そしたら、私が加入している入院給付特約は、入院5日目以降からしか保険金が出ないらしいのよ。それに、傷害特約って、身体障害状態になった場合にだけ、適用されるんだって」

「え、どうしてそんな特約になってんだよ」

「特約の保険料を安くするために、そうしたんだって」

「なんで、そんな保険料をケチったんだよ！　自分の身体のことなんだから、そこはちゃんとした生命保険に入らなきゃ、ダメじゃないか！」

結花は、鋭い目つきで宗一郎を睨《にら》み返して反論した。

「この特約の条件を決めたのは……宗一郎さん、あなたじゃないの！」

「えっ、俺だっけ？」

宗一郎の間の抜けた声を聞いて、結花は、一気に不満をぶちまけた。

「忘れたの？『この特約は、あくまで安心料だから、高い保険料を払う必要がない』って、私に勧めたじゃない。最近は日帰り手術も増えてきているのに、今どき5日以上も入院するなんてこと、かなり大きな病気にならないとありえないわよ。そんな意味のない特約に払うお金があったら、貯金しておけばよかったわ」

宗一郎はバツの悪そうな顔をして、頭を垂れた。怒りに火が点いた結花は、さらにまくし立てるように責め立てた。

「そもそも、この病院での手術を勧めたのも、宗一郎さんじゃない。もし東京に戻って、実家の近くの病院で手術していれば、通院だけでもよかったかもしれないのよ。こんなに高額な入院費を請求された原因は、宗一郎さんにあるんじゃないの」

結花はそう言うと、ベッドの上でしくしくと泣き始めた。宗一郎は「ごめん、悪かった」と謝るだけで、その場をどうやって繕えばいいのか分からず、おろおろと病室の中を歩き回った。

すると、病室のドアがノックされて、翔太が現れた。

「ごめん、今、始発で東京から駆けつけて来たんだ」

翔太は、「おっ、フルーツの盛り合わせじゃん」と言って、嬉しそうに籠《かご》に盛ってあったリンゴを摑むと、そのまま、むしゃむしゃと食べ始めた。

「で、どうしたの？　2人とも深刻な顔して」

あっけらかんとした翔太に、宗一郎が今までの経緯を説明した。すると、翔太は「何やってんだよ」と、ゲラゲラと笑い出した。

「生命保険に入るときには、それぞれの商品の目的を理解してなきゃ、ダメだろ。養老保険は、お金を運用する目的なんだから、その特約では限定的なものになって、当然だよ。手術代や入院費に備えるんだったら、それを目的にした医療保険に入っておかなきゃ。どうせ、知り合いの生保レディに勧められた設計書を、ちゃんと読みもせず、契約書に判子を捺しちゃったんだろ」

翔太の発言が、あまりに図星だったこともあり、宗一郎と結花は顔を見合わせて、そのまま俯いてしまった。

「残念ながら、特約の条件は満たしていないんだから、保険金が出ることはないね。でも、解決策がまったくないわけでもない」

翔太は、フルーツの盛り合わせの中から、今度はバナナを取り出して、皮をむきながら結花に話しかけた。

「結花さんのお父さんって、車、持ってますか？」

「ええ、持っているわ」

「それなら、その車の損害保険のところに、もしかしたら、日常生活傷害の家族補償型の特約が付いているかもしれない」

「家族補償型の特約?」

「今、お父さんに聞くことできますか?」

結花はその意味が分からなかったが、とりあえず、父親に電話した。結花の父親は、ちょうど自分の車を運転して移動中だったこともあり、ダッシュボードに入っていた損害保険の証書から、契約内容を確認することができた。

「翔太さんの言ったとおり、日常生活傷害が特約で付いていて、それが家族補償型になっているみたい。家族の場合には、手術で1回2万円、入院で1日2000円を払うと書いてあるって」

「それは良かった。本来はお父さんの損害保険だから、本人ならば、その2倍は出るはずなんですよ。でも、結花さんは家族なので、そのくらいの金額しか、保障されないんです」

宗一郎は、「なんだ、たったの2万6000円か」と小声で言ったが、翔太はそれを無視して、さらに話を続けた。

「あと、結花さんの会社は、健康保険組合に入っていますよね」

「ええ、もちろん、入ってますよ」

「だったら、高額療養費という制度を利用できるはずですよ。これは、1ヶ月でかかった医療費が高額な場合、健康保険組合が、その一部を補てんしてくれるものなんです」

「それは、もう手術代の7割を健康保険組合に負担してもらい、私の負担は3割に下がっているんです」

「いえいえ、それとは別に、その3割負担を、もっと安くしてくれるのが、高額療養費という制度なんです。さっきの健康保険組合の7割負担は、自動的に差し引いてくれるけど、こっちは、自分で先に全額を支払っておいて、あとから申請しなければいけないんです。だから、その手続きを忘れちゃう人が、結構いるんですよ」

「でも、もう7割も負担してもらっているんだから、どうせ大した金額じゃないんだろ？」

宗一郎は、何とか2人の会話に入り込もうと言葉を挟んできたのだが、翔太は手短に答えた。

図5　高額療養費の仕組み

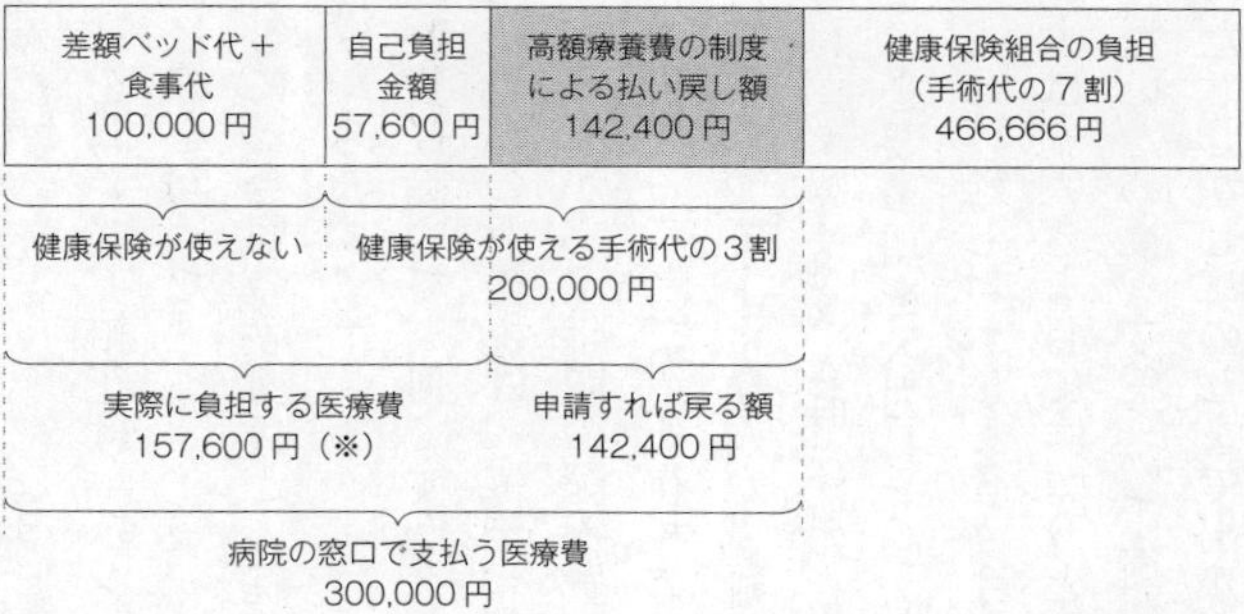

※差額ベッド代など、1年間で10万円以上（傷害保険の補てんを差し引いた額）の医療費を支払った場合は、医療費控除の確定申告をすれば、所得税の一部が戻ってくる

「そのとおりだよ。差額のベッド代や食事代は、その制度の対象にはならない」

「ほら見ろ」

「それでも、この手術代の3割負担の部分は全額対象になる。結花さんの給料の額によっても変わってくるけど、おそらく6万円弱になると思うよ」

「おおっ、意外と補てんしてくれる金額が、多かったな」

翔太は「いや、違うんだよ」と、言葉を返してきた。

「健康保険組合の補てんが6万円弱じゃなくて、結花さんの負担がその金額になるってこと。つまり、20万円のうち、14万円も補てんしてくれることになるんだ」

それを聞いて、結花は「ホント！」と明るい声を発した。そして、翔太のほうに目線を向けた。

「さらに、今回の手術代と入院費は、所得税の医療費控除としても、申請することができますよ」

「医療費控除って、何ですか？」

「結花さんの所得税は、毎年、年末に会社が自動的に計算してくれているんです。ところが、1年間の医療費が10万円以上かかったりした場合には、自分で確定申告することで、所得税の一部が戻ってくるんです」

「確定申告って……なんか、難しそうですね」

「今は、e-Taxと呼ばれている、国税庁が作ったホームページがあって、そこに必要事項を入力していくだけで、誰でも確定申告書を作成できるんです。もし、難しければ、僕が手伝いますよ」

翔太は、大きな目でニコリと笑ってみせた。宗一郎は、これ以上、お株を取られないために、「あとの手術代と入院費は、俺が全部払ってやるよ」と言いかけた。しかし、のどまで出かかったその言葉は、すぐに引っ込めた。最初からそう言えば、結花も喜んでくれたかもしれないが、翔太が損害保険や高額療養費のことを話したとたんそれを主張しても、結花の性格から、逆効果になると予想したからである。知識ではなく、金で解決しようとする自分が、余計にみじめな立場に追いやられることは明らかだった。

「私、翔太さんの話を聞いたら、安心しちゃったせいか、お腹《なか》が空いてきちゃった」

「結花さん、何か食べたい果物ある？」

「私、メロンが食べたいな」

「分かった、じゃあ、今、切ってあげるよ」

翔太は、個室についたミニキッチンでメロンを器用に切り始めた。その光景を見て、宗一郎は、今まで感じたことのない翔太への嫌悪感が、どんどん大きくなっていくことを、抑えずにはいられなかった。

結花が退院してから１ヶ月後、交際を解消するメールが、宗一郎のスマホに届いた。それと同じ時期に、翔太から、結花と付き合うことになったと連絡を受けた。

「ごめん。俺、結花さんのことを、好きになっちゃってさ」

申し訳なさそうに言う翔太に対して、宗一郎は一生懸命、明るく答えた。

「気にするなよ。結花を幸せにしてやれよ」

宗一郎は、爽《さわ》やかに電話を切った。そのあとすぐに、家の中にある、あらゆるものを壁に投げつけて、大声をあげて部屋の中を暴れまわった。ゴルフクラブを振り回して壁に穴をあけて、食器棚をすべてひっくり返した。結花が買ってくれたセーターはビリビリに破き、ベランダから放り投げた。結花との思い出が詰まった写真や動画は、デジカメごと叩き壊した。

弟に彼女を奪われたことも悔しかったが、それ以上に、兄としてのプライドを傷つけられ、気持ちが治まらなかった。年齢も上、頭のよさも自分のほうが上、そして年収だって高卒の公務員よりも絶対に上だ。それなのに、翔太に結花を取られたことは、宗一郎の存在そのものを全否定されたような気持ちになった。

唯一の肉親である翔太に対する愛情は、明らかに裏返しとなり、憎しみと嫉《しっ》妬《と》へと変貌《へんぼう》した。この日を境に、翔太からの連絡は途絶え、また宗一郎からも連絡することがなくなった――。

A THRIFTY MAN

第4章

住宅ローンは固定金利と変動金利、どちらがトクなのか

――借金やローンも、賢く利用すれば家計がラクになる

& A SPENDTHRIFT MAN

横田宗一郎／40歳
横田翔太／36歳

「えーっ、すごーい！」

娘の瑠璃香《るりか》が甲高《かんだか》い声を上げた。すぐに宗一郎とその妻の美鈴《みすず》のところに駆け寄り、動物の形をした折り紙を手に、興奮しながら話しかけた。

「パパ、ママ、見て、これ、ライオン！　陽菜《ひな》ちゃんが作ったんだよ。私、こんな折り紙見たの、初めて！」

大はしゃぎする瑠璃香の横で、翔太と結花の娘の陽菜が恥ずかしそうに照れ笑いをしていた。翔太に似て、大きな目を持つ陽菜は、瑠璃香と同じ9歳にしては、とても大人びて見えた。

「遊ぶものといったら、うちには、折り紙ぐらいしかなくて」

瑠璃香の母親である結花が、恥ずかしそうに言うと、横にいた翔太が「いいんだよ」と口を挟んできた。

「折り紙は、想像力を豊かにする遊びだし、お金もかからない。おまけに、作ったものをバラせば、何度でも使える」

「小さいころから、モノを大切にする気持ちを育てることは、とっても大事なことだわ」

宗一郎の横で、妻の美鈴がうんうんと頷《うなず》きながら言った。そして、買ったばかりのダイヤを見せびらかしたいらしく、口元に指を持っていったり、大袈裟《おおげさ》な手振りをしてみたりしていたが、宝飾品に興味のない翔太と結花は、ずっと無反応だった。

妻の美鈴は、父親が銀行員、母親が教師という堅い家庭で育ちながら、性格は宗一郎と同じで、とても派手好きだった。そのため、気が合って結婚したのだが、最近では美鈴の見栄っ張りな行動を見るたびに、宗一郎は普段の自分を省みてしまい、空しい気持ちになっていた。

「兄さん、ちょっといいかな」

美鈴と結花が話している横で、翔太が手招きをして、宗一郎をキッチンまで呼び寄せた。

「なんだよ」

宗一郎がぶっきらぼうに言うと、翔太は食器棚の上にあった箱の中から、手紙の束を取り出した。

「あれから、年に2~3回のペースで、義父さんから、手紙が届くんだよ」

翔太は表情を曇らせながら、言葉を繋いだ。

「文面はいつもと同じ。俺たち兄弟に『会いたい』なんだ」

宗一郎は昔の嫌な記憶が、再び蘇《よみがえ》った。

「そんな手紙、捨てちまえよ」

「そのつもりだったんだけどさ……実は、その手紙が、1年ぐらい前からピタリと届かなくなったんだよ」

宗一郎は思わず「えっ」と、驚きの声を上げた。

「何か、あったんじゃないかと思ってさ。俺、正直、義父さんのことなんて、どうでもいいけど、一応、兄さんの意見を聞いてから、この手紙を処分したほうがいいかなと思ってさ」

「なんで、そんな大事なことを、早く教えてくれなかったんだよ」

宗一郎は、手紙の束を受け取りながら、語気を強めた。すると翔太は「ごめん」と申し訳なさそうに、小さな声でポツリとつぶやいた。

「あれ以来、連絡がしづらくなってね――」

宗一郎と翔太が顔を合わせたのは10年ぶりだった。

結婚した相手が兄の〝元彼女〟という負い目もあり、翔太から宗一郎に連絡しづらくなったことが、距離を置いてしまった大きな要因だった。また、宗一郎も、翔太に対しての憎悪が膨らみ、自分から連絡を取ることはしなくなっていた。

もちろん、その間にお互いの結婚式で顔でも合わせていれば、仲直りも早かったはずである。しかし、翔太は貯金のために式を挙げずに入籍だけで済ませてしまい、宗一郎は海外で２人だけで挙式をしたために、仲直りする機会を完全に失ってしまっていた。

それに加えて、宗一郎の仕事はさらに忙しさを増して、翔太との関係を修復する時間が作れなくなっていた。

贔屓《ひいき》にしてくれていた、飲料水メーカーのアセンの藤野部長、それに雪永乳業の神前部長が、それぞれ取締役に昇進したことで、担当である宗一郎の新規の仕事も増えていた。特に、アセンにおいては、アメリカ支店の広告まで依頼されたことで、宗一郎の海外出張は、月の半分以上を占めるまでになっていたのである。

そうなると、家族と過ごす時間を作ることさえできていないのに、翔太のことなど、思い出している時間すらなくなっていた。気がつけば、年賀状のやり取りをするだけの、疎遠な関係になっていたのである。

ところが――。

ある日のニュースを契機に、宗一郎は、急に翔太のことを思い出すようになる。

シェアトップ企業の転落

「乳製品メーカーの業界でシェアトップの雪永乳業に、本日、消費期限の表示偽装の疑いがあるとして、強制捜査が入りました――」

その日のうちに、テレビ局のほうから、雪永乳業のテレビCMの放映をやめたいという要請があり、宗一郎は、すぐに神前取締役に連絡を取った。ところが、会社の電話はまったく繋がらず、神前取締役の携帯電話を何度鳴らしても、通じることはなかった。

そして、その日の夕方ごろ、50回目ぐらいの電話で、ようやく神前取締役との連絡がついた。だが、いつもの冷静でおだやかな口調と違い、明らかに神前取締役の声には、動揺が感じられた。

「大変なことになったぞ。いや、マズい、マズい。絶対にマズいぞ」

「テレビの報道ですが……あれは、本当のことなんでしょうか？」

宗一郎の問いかけに、神前取締役は、「ああ」と短く答えて、話を続けた。

「返品されてきた消費期限が過ぎたジュースの製造日を書き換えて、再び出荷していたんだ」

「そんな……雪永乳業ほどの優良企業が、そんな不道徳なことをする必要はなかったんじゃないですか。7年前の東京オリンピックでは公式飲料にもなって、今年、東京─名古屋間で開通予定のリニア中央新幹線で車内販売される飲み物も、雪永乳業が販売権を獲得したばかりじゃないですか。それに、昔、神前取締役は、乳製品メーカーの業界は価格競争もなく、利益も十分取れると

──」

宗一郎がそこまで言いかけると、神前取締役は「その話は、もういい」と、途中で話を遮った。

「今年の夏は猛暑だっただろ。それで牛が体調を崩してしまい、全国的に牛乳

がかなり不足したんだ。だから、パックのオレンジジュースを作って、なんとかその分の売上を補てんしようとした」

「私も、それは知ってましたよ。この間も、神前取締役から依頼されて、雪永乳業のアセロラジュースのテレビCMを制作したじゃないですか。他の種類のジュースも作っていたんですか？」

「他にも3種類ほど、ジュースは作っていた。工場のダクトは洗浄するだけだし、パックも牛乳のラベルを替えるだけなので、それほど追加のコストもかからず、簡単に作れるんだ」

「そうだとすれば、設備投資もかからないから、利益率もよかったんじゃないんですか？」

神前取締役は渋い声で「そうでもなかったんだよ」と、声を落とした。

「コンビニや大手スーパーが、次々にPB商品を投入してきて、価格をかなり下げた販売戦略で対抗してきたんだ。うちの商品はそれに比べると価格が割高で、牛乳と違い、競争力があるわけでもなく、大量に売れ残って返品されてきてしまった。今まで、牛乳が大量に返品されるなんて経験がなく、現場が困惑して、それを隠そうと……」

そこで、神前取締役は、言葉を詰まらせてしまった。宗一郎は、これ以上責めても何も始まらないと思い、テレビCMの対応についての話に戻した。

「テレビ各局から、雪永乳業のCMをやめたいと、要請が上がってきています」

「それは、打ち切りでいい。どうせ、数ヶ月もすれば、騒ぎは落ち着くはずだ。そうしたら、また再開すればいい」

「分かりました。神前取締役は、そっちの対応が大変なので、テレビCMについては、私がすべての指示を出しておきますね」

「キミに任せれば、大丈夫だろう。本当に、助かるよ」

神前取締役は、消え入りそうな声を絞り出した。それに対して、宗一郎は自らを奮い立たせるような強い口調で、話を続けた。

「安心してください。あと、各局の番組制作のプロデューサーには、私も顔が利《き》くほうですから、ワイドショーやニュースの報道に対して、少し圧力をかけておきますよ」

神前取締役は、もう一度「助かるよ」と、か細い声で言葉を繋《つな》いだ。

「うちの会社は……そして俺は……このまま、どうなっちゃうんだろうな」

「何を、弱気なことを言ってるんですか。今回の消費期限の表示偽装に関しては、会見でちゃんと謝って、これからしっかり管理しますと宣言すれば、みんな許してくれますよ。だって、今日も、明日も、学校の給食には、雪永乳業の牛乳が出るんですから、みんなそれを飲むしかないんですからね」

神前取締役は「そうだな」と小声で言うと、電話口で鼻水をすすり始めた。

「なんか、キミと話をしていると、心が落ち着いてくるよ」

「そう言っていただけると、嬉しいです」

「いつも、くだらない説教ばかりしていたのにな」

宗一郎は、胸の鼓動が一気に激しくなった。神前取締役は、自分の話が〝くだらない説教〟だという自覚があったのだ。

「私も、自分の話がくだらないことぐらい、重々承知していたんだよ。だけど、そういう話しか、私にはできないんだ」

「いえ、神前取締役の話を、私は、いつも楽しみにしてましたよ」

「そういう、キミの優しいウソが、私は大好きだったよ」

その言葉に、宗一郎は、目頭が熱くなった。

「きっと、大丈夫です！　気持ちを切り替えて、もっと前向きに考えましょう！」

「そうだな……キミの言うとおりだ。なんたって、うちはグループ全体で、10万人もの社員がいる大企業だからな。みんなで力を合わせてやり直せば、必ず復活できるよな。そんな底力があるから、私はこの会社に就職したんだ。今回の一件で、ちょっとは生涯年収が下がってしまったかもしれないが、それでも、老後の生活が危うくなることは、絶対にないはずだ」

この話を聞いた瞬間、宗一郎は、ふと翔太のことを思い出した。生涯年収を意識して、わざわざ高卒で消防士になった翔太は、今ごろ、どんな生活をしているのか——。

「ありがとう、元気が出てきたよ」

物思いにふけっていた宗一郎は、我に返った。そして、少しでも元気付けようと、努めて明るい声で言葉をかけた。

「この苦労を、一緒に乗り越えていきましょう。明けない夜はありません。そして、夜明け前の夜が、一番暗いんです。今を凌げば、きっと明るい未来が待っているはずです」

「そうだな。また、落ち着いたら、連絡する。そのときには、ぜひ、新しいテレビCMを発注させてくれ」

これを最後に、神前取締役とは、連絡が取れなくなってしまった。

その後、雪永乳業では、次々に不正が発覚していった。チーズなどの乳製品にも消費期限の改ざんが見つかり、さらに、ソーセージの原材料の産地の偽装まで、まさにウソのオンパレード状態となった。社長は、記者会見で何度も謝っていたが、宗一郎の各局へのプレッシャーもむなしく、連日連夜、雪永乳業の悪いニュースが流され続けた。

そんなとき、翔太から、突然の連絡があった。

「母さんの命日に、みんなで集まらないか――」

彼女をとられた日の嫌な記憶が頭の中を過《よぎ》ったが、宗一郎も、このまま兄弟喧嘩を続けることも大人げないと思い始めていた。また、雪永乳業の仕事のスケジュールが、すべてキャンセルになり、時間の都合もつけやすくなったことも、宗一郎の背中をあと押しする要因になった。

また、偶然にも、宗一郎と美鈴の間に生まれた〝瑠理香〟と、翔太と結花の間に生まれた〝陽菜〟が同じ年で、お互いが一人っ子という共通点があることも知った。姉妹がいないぶん、従姉妹《いとこ》同士で仲良くするのは、子どもたちにとってもよいことだろう。

そして、いろいろと複雑な思いを抱えながらも、宗一郎は何かに導かれるように、翔太と10年ぶりに会うことにしたのである。

固定金利と変動金利、どっちがトクか

「２ＬＤＫって言ってたけど、想像していたよりも広いのね」

妻の美鈴が、周囲をぐるりと見渡しながら言った。

「かなり築年数が古い物件ですけど、昔の間取りなので、ちょっと広いんですよ。その分、いたるところに、ボロが出てきてますけど」

「でも、公団ならお家賃も安いんでしょ？」

「月々３万円です」

「それは安い！　そうなると、貯金もたくさんできそうですね」

「ぜんぜんですよ。うちは、お義兄さんのところみたいに、高給取りじゃないですから」

美鈴のズケズケした質問に、結花は昔と変わらない笑顔で、言葉を返した。

もちろん、美鈴には、結花が〝元カノ〟だという話は一切していなかった。弟に彼女を取られてしまった話など、とてもではないが、自分の妻にはできない。幸いにして、美鈴は親戚づきあいなどの面倒な関係を嫌うタイプだったので、翔太の家族と交流がないことを、かえってラクだと思っているようだった。それでも、宗一郎の口ぶりから、なんとなく弟の翔太を快く思っていないことは、察しがついたらしく、今日の美鈴の会話には、いたるところにトゲがあった。

美鈴は、瑠理香と陽菜が隣の部屋で遊んでいることを確認すると、声を潜《ひそ》めながら結花に言った。

「陽菜ちゃんって、何か、習い事はやっているのかしら?」

「いえ、特に何も」

さらりと答えた結花に対して、美鈴は尋ねられてもいないのに、瑠理香の習い事のことを、自慢げに話し始めた。

「うちは、英会話教室とダンス教室、それとピアノの教室の3つに通わせているの。だから、本当に毎日が忙しくてね」

「凄いじゃないですか。うちの場合は、近くの教会の外国人の牧師さんに、英語を無料で教えてもらっているんですよ」

「ほのぼのして、いいですねぇ」

　美鈴は宗一郎と同じで、貧乏くさい話は好きではないらしく、作り笑顔で、楽しそうに聞いている振りをしていた。そんな無駄な気遣いを、結花は気にも留《と》めず、淡々と自分のことを話し続けた。

「子どもは、聞き取る力が凄《すご》いですから、どんどん英語を覚えていくんですよ。おかげで、先月、英検準2級にも受かりましてね」

　宗一郎と美鈴は「えっ」という声をあげて、結花を見た。

「英検準2級って……誰が、合格したの？」

　宗一郎の問いかけに、横に座っていた翔太が、大きな目を見開くと「誰って、陽菜だよ」と笑いながら、手元にあった折り紙を折り始めた。

「陽菜ちゃんって、うちの瑠理香と同じ9歳だろ」

「そうだよ。多分、よっぽど教会の牧師さんの教え方が、上手《うま》いんだろうね」

　翔太は、とくに自分の娘を自慢するふうでもなく、当たり前のように答えた。

　自分の娘の瑠理香は、高い授業料を払って、有名な英会話教室に通わせている。しかし、まだ動物の英単語をようやく覚えたくらいだ。とてもではないが、英検準2級が受かる実力など、身に付けていない。

美鈴は、同じ年の従姉妹が、英検準2級に合格していることが、よほど悔《くや》しかったのか、ダンス教室の話題に切り替えた。

「瑠理香は英語よりも、ダンスに興味があってね。今度、海外遠征に行くんですよ」

「あら、どちらに行くんですか？　実は陽菜も、夏休みにアメリカに遠征に行くんです」

「えっ、なんの遠征なの？」

「バスケットです。私が、ずっと学生時代からバスケットをやっていて、主人も運動が好きだったから、友達のバスケットサークルで子どもと一緒に練習していたんです。そしたら、そこでプロリーグのジュニアチームのコーチをやっている友達が、陽菜のことを凄い気に入ってくれたんです。この夏に、ジュニアチームの海外遠征に帯同《たいどう》させたいって、誘ってくれたんですよ」

美鈴は「へー」と驚いた顔をしたが、頬はピクピクと痙攣《けいれん》していた。

「夏休みは、学校の宿題もあるし、私の実家にも連れて行きたいので、断るつもりだったんです。でも、旅費はもちろん、他にかかる経費もすべてチームが負担してくれるという申し出があったんです。まぁ、無料ならいいかなぁって気が変わりましてね。それで行かせることにしたんですよ」

宗一郎は、ふと窓際に飾られているメダルに目をやった。バスケット大会で優勝した証拠がズラリと並び、改めて、結花の話はウソじゃないことを理解した。

一方、瑠理香もダンスで海外遠征に行くのは確かだが、それはダンス教室が企画した旅行ツアーであって、50万円を払えば、誰でも参加できるものだった。宗一郎に似て、運動神経がよくない瑠理香は、ダンスのレギュラーメンバーどころか、補欠にも選ばれておらず、〝遠征〟というより、〝応援のための付き添い〟に近かった。

美鈴もそのことを理解しながらも、ひきつる頬《ほお》を力ずくで抑え込みつつ、さらに見栄を張った。

「うちの瑠理香は、あんまり運動が好きじゃなくてね。今一番、力を入れているのは、実はピアノなのよね」

それを聞いた結花は、「あら、やっぱり血筋なのかしら」と、嬉しそうに手を叩いた。

「うちの陽菜も、英語や運動よりも、音楽が一番好きなのよ。通っている小学校の音楽の先生が、凄く熱心にピアノを教えてくれてね。今度、全日本ジュニアクラシック音楽コンクールに、出場するんです。ただ、本物のピアノは音がうるさいし、値段も高いから、電子ピアノを買って、練習させているんですよ」

宗一郎も美鈴も、ここまでくると返す言葉が浮かばなかった。瑠理香は、やっと両手で『チューリップ』が弾けるようになったレベルである。とてもではないが、コンクールに出られるような腕前ではない。しかも、翔太と結花は、子どもの教育には、ほとんどお金をかけていない。月謝を合わせると5万円以上もつぎ込んでいるのに、陽菜との差がここまで大きいと、「あんたの娘には、才能がないのよ」と見下されているような気分になった。

美鈴も同じ気持ちだったのか、表情を歪めながら「素敵な娘さんね」と言った。明らかに嫌みの発言だったが、名誉や見栄に興味がない翔太と結花は、「いえいえ、そんなぁ」と、額面どおりに受け取って、2人で照れ笑いをしていた。それが余計に美鈴のプライドを傷つけたのか、先ほどよりも、さらに強い口調で結花に言葉を投げかけた。

「お２人とも、貯金が趣味なんですって？」

あまりに唐突な質問に、結花は「えっ」と、戸惑いの声をあげた。

「宗一郎さんから教えてもらったんだけど、翔太さんは昔から、お金を貯めることが好きで、ずっと節約しながら、生活しているそうじゃないですか」

美鈴は、窓際に並べられたメダルの前に立って、刻まれた文字を一つひとつ確認しながら、話を続けた。

「お金を使わずに、貯金しながら、こうやってメダルや賞状が手に入ると、さぞかし嬉しさも倍増するんでしょうね」

さすがに露骨な嫌みだったので、宗一郎は「おい、やめろよ」と美鈴をたしなめた。それに対して、翔太は大きな目を見開くと、何事もなかったかのように、平然とした口調で美鈴の問いかけに答えた。

「ホント、嬉しさ倍増ですよ。僕だって、子どもの教育には、お金をかけることに賛成なんですよ。でも、たまたま、うちの娘はお金をかけなくても、どんどん才能を発揮して、他の子どもよりも上達しているんです。だったら、わざわざお金をかけなくてもいいかなって思いましてね」

「へぇ、それは羨《うらや》ましい話ですね。でも、貯金ばかりしている生活って、本当に生きていて楽しいのかしら」

再び、宗一郎が「やめろよ！」と声を荒げた。さすがに、翔太も美鈴の発言にはイラッときたのか、語気を強めて言葉を返してきた。

「お金を貯めることは、すごく楽しいですよ。貯金が嫌いな人間って、世の中にいないんじゃないですかね」

「あら、そうかしら？　貯金自体が楽しいって、少し変だと思いませんか？　何か、買いたいものがあって、それを目標にして貯金するなら分かるけど。ただ漠然《ばくぜん》と、お金を貯めることが目的になると、我慢の連続ばかりで、生きていてつらそうだわ」

翔太が答えようとしたところ、先に、結花の口のほうが開いた。

「うちにも、貯金する目標がありますよ」

宗一郎と美鈴は同時に「えっ」と、言葉を発した。そして、翔太が少し間をおいてから、ゆっくりと話し始めた。

「庭付きの一戸建ての家を買うのが、僕らの目標なんです」

宗一郎と美鈴は再び「家？」と、ハモるように聞き返した。

「陽菜が中学校に入る前に、家を買おうと決めていたんです。昔から、物価の安い千葉に住む計画を立てていたし、東京消防庁にも他県に住むことを認めてもらえました。３ヶ月ぐらい前から探していて、欲しい一戸建てを見つけたので、来月には契約するつもりです。ただ、実際に引っ越すのは、半年以上も先になりますけどね」

宗一郎には嫌な記憶が、再び蘇ってきた。兄として、常に弟には負けたくないのに、先に家を買われたら、賃貸暮らしの自分の生活と比べて、翔太に一歩リードされてしまう。貧乏性の翔太のことだから、一生、安い公団に住み続けると予想していたのだが、まさか家を買うとは、驚いた。

「いくらぐらいの家を買うんだよ」

宗一郎は、家の価格を知りたい衝動が抑えられず、翔太に尋ねた。すると、翔太も自分が家を買うことを少し自慢したかったのか、素直に答えた。

「３９８０万円だよ。独身のときから、今までずっと節約して、家計簿もつけて、無駄遣いもせずに、お金を貯めてきたんだ」

「おいおい、まさか、３９８０万円も貯めたわけじゃないだろうな」

「普通、家を買うときには、銀行で住宅ローンを組むだろ」

「じゃ、3980万円を借りられたのか？」

「それも、違うよ。俺の貯金は1000万円で、それが頭金になった。あと、結花の父親から、1000万円をもらったんだ」

「もらった？　1000万円を？　結花さんの実家って、そんなにお金持ちだったのか？」

この質問には、結花が答えた。

「父親は、ごく普通のサラリーマンです。でも、生活は質素だったし、お酒も飲めず、ギャンブルもやらないので、自然とお金が貯まっていったみたいです。私が貧乏性なのも、父親からの遺伝なのかもしれません。そのおかげで、1000万円をもらえることになったけど、父親からは、『こんなに多くのお金を出せるのは、最初で最後だぞ』とは釘《くぎ》を刺されました」

結花は、恥ずかしそうに頭を掻《か》いた。そして、その横に座っていた翔太が、付け加えるように話し始めた。

「本当は、1000万円って、贈与だから、税金がかかるんだよ。でも、自宅を買うときには、一定の金額をもらっても、特例で税金はゼロ円になるんだ」

宗一郎は、「そんな特例があるのか」とつぶやいたあとに、心の中で何度も

図6　翔太の住宅購入のための資金調達

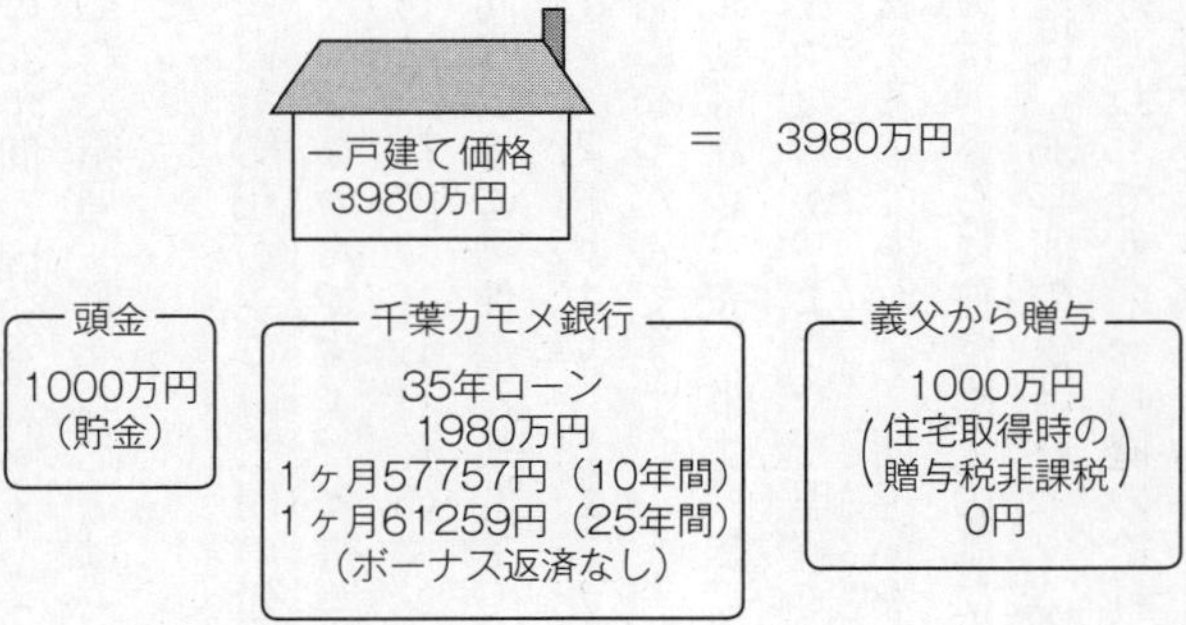

「１０００万円」という数字を唱え続けた。そして、気持ちを落ち着かせてから、再び口を開いた。

「それにしても、よく結花さんのお父さんは、自分の子どもでもない翔太に、１０００万円も出してくれたなぁ」

「もらったのは俺じゃない。当然、結花だよ。そうしなければ、税金の特例も使えないんだ。だから、新しい家の持分《もちぶん》の名義に結花を入れるから、俺と共有になる。あとの残りの１９８０万円は、銀行で住宅ローンを組んで、俺が35年間の返済で借りるんだ。でも今の金利って、すごく低いんだよ。最初の10年間が固定金利で１・２％、そのあとの25年間が固定金利で1・7％で、元利均等返済の条件で借りられたんだ。それで結局、月々の返済は、利息も含めて、だいたい6万円で済むことになったんだ」

横にいた結花が「この公団の建て替えが決まっていて、どのみち、出て行かなきゃいけないんですよ」と言葉を挟んできた。

「最初は、都内で2LDKのマンションを借りようと思ってたんですけど、ここと同じ広さの物件だと最低7万円の家賃はかかっちゃうんです。それに比べて、月々6万円の払いで済むんだったら、これを機会に家を買ってしまおうって、話になったんです」

それを聞いて、宗一郎は、なぜ貧乏性の翔太が公団を出て、一戸建てを買う気になったのか、ようやく理解できた。家賃より安い月々6万円で新築一戸建てが買えるのであれば、間違いなくいい選択だ。

翔太は、さらに住宅購入の話について、淡々と語り続けた。

「本当は、35年間の返済じゃなく、もっと短くしたほうが利息は少なくなったんだけどね。でも、今の俺の給料だと、6万円以上の返済になると、貯金ができなくなってしまうからね」

「お前、一戸建てを買うという目標を達成しても、まだ、貯金するつもりなのか」

　宗一郎の問いかけに、翔太はコクリと頷いた。

「もともとの『老後のためにお金を貯める』という目標が達成できていないだろ。そのために、できるだけ、効率よく貯金する計画も立てているんだ。将来、俺や結花の給料が上がって、家計に余裕が出てきたら、繰上げ返済をして、住宅ローンの返済期間を短くするつもりだよ」

「35年の返済期間を、短くするってことか？」

「繰上げ返済すると、返済期間はそのままで返済額を減らすか、それとも返済額はそのままで返済期間を短くするか、この二者択一になるんだよ。でも、返済期間が長いと、それだけ多くの利息を払い続けることになるだろ。だから、返済期間を短くしたほうが、トクなんだ」

「おいおい、それなら、そもそも固定金利よりも、変動金利を選択したほうが、トクになるんじゃないのか？」

　翔太は「へぇ、詳しいじゃん」と、大きな目をぐりぐりと動かした。

「兄さんから、金利について指摘されるなんて、意外だな」

宗一郎は、金利についてだけは、かなり詳しかった。ただそれが、消費者金融からお金を借りて、四苦八苦していたころに学んだ知識とは、口が裂けても翔太には言えなかった。宗一郎は、「昔、友達から教えてもらった知識なんだけどさ――」と前置きをして、金利について話し始めた。

「そいつの話では、消費者金融からお金を借りるときに、固定金利と変動金利のどちらかを選べるらしいんだ。で、その友達は、いつも変動金利のほうが安いから、そちらを選んでいたらしい。だから、わざわざ高い固定金利を選ぶやつなんているのかと、そいつはずっと不思議がっていたんだよ」

「変動金利ならば0・8％だからね。そっちのほうが、金利は安くなる」

「だったら、なぜ、翔太は固定金利を選択したんだ？」

その質問に、翔太は「そこなんだよ」と、ちょっと鼻にかけながら自慢げに話し始めた。

「俺の職業って、消防士で、将来の給料が、ずっと安定して払われるだろ。だから、将来の返済額が確定している固定金利を選んだんだ。だって、将来、日本が急にインフレになったら、変動金利は高くなって、返済額が一気に上がってしまうだろ。いつでも固定金利は、変動金利よりも高いから、そのときになってから、固定金利に転換するなんて、できないしね」

「まぁ、変動金利でも返済が大変になるなら、その時点でもっと高い固定金利に転換するのは、事実上、不可能だな」

「そもそも、日本がインフレになったときに、消防士の給料が、それに比例して上がるとは考えにくいからね。変動金利にしていたら、住宅ローンが返済できなくなる可能性だってある。そんなリスクは、公務員の俺には背負えないよ」

「でもさっき、翔太は家の住宅ローンを繰上げ返済するって言ってただろ。そもそも、35年間もかけずに、返済するつもりなんじゃないのか？」

翔太は「インフレは明日、起こるかもしれないだろ」と、語気を強めて言葉を繋いだ。

「俺は、ほんのちょっとしたリスクですら、背負いたくないんだ。固定金利にしておけば、毎月６万円の返済額でいいんだから、何があっても、住宅ローンは返済できる。兄さんは会社の業績によって、給料や賞与が上がったり、下がったりするかもしれないけど、それでも変動金利は、お勧めはしないな。借金をしているだけでもリスクなのに、それに上乗せしてリスクを背負うのは、バ力なやつの選択だと思うからね」

宗一郎は「俺は、消費者金融で借りていたときには、いつも変動金利だったよ」とは、当然口には出さず、翔太の意見に賛同することにした。

「やっぱり、翔太の言うとおり、固定金利のほうがいいかな。最悪、給料が上がらず、繰上げ返済できなかったとしても、毎月6万円なら、返せないって金額ではないからな」

「でも、家が買えるのも、元を辿《たど》れば頭金の1000万円があったからだよ。もし、それがなければ、銀行から2980万円を借りることになって、毎月9万円を超える返済になっていたんだ。そしたら、今すぐに家を買うという選択肢はなかったかもしれない」

宗一郎は、「たったの3万円しか変わらないのに、大げさなやつだな」と思った。しかし、自分よりも少ない給料の翔太が、1000万円も貯金できたことに対しては、大きなショックを受けていた。

「お前の給料で、よく1000万円も貯められたな」

宗一郎の言い方には、十分すぎるほどの嫌みが含まれていた。その言葉尻をとらえた翔太も、キツイ口調で宗一郎に言葉を返した。

「兄さんのところは、モノを買いすぎなんだよ。今、着ている服だって、美鈴さんが手につけている大きなダイヤだって、安くはないだろ」

翔太の指摘に、宗一郎と美鈴は顔を見合わせた。高級品には興味なさそうな感じだったが、しっかり値踏みしていたことに、2人は気色悪さを感じた。

「いくら兄さんの給料が、俺より高くても、そうやって欲求のままにモノを買っていたら、いつまで経《た》っても、貯金なんてできないよ。おそらく、すでにローンで買っているモノもあるはずだから、貯金どころか、借金のほうが多いんじゃないのかな」

翔太は大きな目で、じっと宗一郎を舐《な》めまわすように見つめた。すると、我慢がならなかったのか、美鈴が、強めの口調で言葉を返した。

「翔太さんの言うとおり、着るモノも、食べるモノも我慢して、外出も控えて家から一歩も出ないことが、一番お金を使わないことに繋がるわね。でも、それって、貧相な恰好《かっこう》で引きこもって、友達とも遊びに行かない人生ってことになるわよ。それはとってもつまらない人生なんじゃないかしら。欲しいモノを買って、付き合う友達を増やすことが、人生も心も豊かにするって、私は思うの」

翔太は、大きな目を何度もパチパチとさせながら、驚いた口調で反論した。

「そんな意味の分からない論理で、お金を使うことを正当化していたら、生活は苦しくなる一方ですよ。それで、ローンの金利が高くなれば、モノを買うどころか、お金を貸している会社のために働くことになって、本末転倒じゃないですか。毎月、一定額を定期預金にして、そのお金を働かせた利息を生活費の一部に充《あ》てるほうが、よっぽどゆとりがあって、人間らしい生活だと考えますけどね」

それを聞いた美鈴は、右の頬を思いっきり引きつらせた。しかし、打ち負かす言葉が見つからず、「あなたも、何か言いなさいよ！」と、宗一郎に向かってキツイ目線を向けた。

だが、宗一郎は、何となくついていたテレビのニュースに目を奪われていて、翔太と議論しているどころではなかった。

「消費期限や原材料の産地表示偽装で問題になっていた、乳製品メーカーの大手企業である雪永乳業が、明日、破産申請すると経営陣が決めたもよう。負債総額は――」

年収1000万円でも家計は火の車

宗一郎の家計は、雪永乳業と同じで、破綻《はたん》寸前だった。

2020年の東京オリンピック前から、日本の景気がよくなったことで、最近の会社の業績は絶好調となり、給与や賞与はドンドン上がっていった。しかし、金遣いの荒さは、それに比例して、ひどくなっていく一方だった。

子どものころの貧しい生活がトラウマになっているせいか、宗一郎は、常に高級なものを身に付けていたいという欲求が強かった。スーツは高級な海外ブランド、時計はロレックス、車もほとんど乗らないのに、提携ローンを使って、高級外車を所有していた。

宗一郎にとって、お金とは、会社から振り込まれた給料が、通帳に印字されたバーチャルなものだと考えていた。だから、お金そのものにはまったく興味がなく、その印字された数字を使って、形のあるモノを手に入れて、初めて〝お金を稼いだ〟という満足感を手に入れることができた。

また、宗一郎は、海外出張も多いので、羽田《はねだ》空港に近く、銀座で夜遅くまで飲んでいても、すぐに帰ることができる、東京都心のマンションに住みたいとずっと思っていた。美鈴も見栄を張る性格だったので、その意見に賛成して、結婚後は月々の家賃が２ＬＤＫで20万円もする月島《つきしま》のマンションに住んでいた。

毎日、宗一郎は接待で飲み歩き、美鈴が寝たあと帰ってくるため、日常生活で顔を合わせることはほとんどなかった。瑠理香が生まれてからも、土日も接待でゴルフに行ってしまうので、ほとんど家にいない状況だった。家庭を顧みる時間のないうしろめたさから、美鈴に好きなだけお金を使わせることで、宗一郎は〝家族愛〟を表現しているつもりでいた。

しかし――これが、美鈴を暴走させるきっかけとなってしまう。

美鈴は、お金が好きなだけ使えることで買い物依存症になり、やがて、給料日前の銀行の口座残高が底をつくようになった。

「お金を使うときは、もっと銀行の口座残高を気にしてくれよ」

宗一郎は注意したが、何を勘違いしたのか、美鈴はクレジットカードのリボ払いを使って、服やアクセサリーを買うようになっていた。結果、クレジットカードの引き落とし額が減ったことで、宗一郎は、すっかり美鈴の買い物依存症が治ったと勘違いしてしまった。

そのあと、瑠理香が小学生になり、暇な時間が増えたことで、美鈴はネイルサロンでアルバイトを始めた。これで、宗一郎は家計の収入も増えたと思い込み、銀行の口座残高をチェックすることもなくなった。

ところが、美鈴はリボ払いという武器を手に入れたことで、さらに浪費は輪をかけて加速していた。金利は13％にもなるのに、定額で返済しているため、借金をしているという自覚を失ってしまい、美鈴は狂ったようにブランド品を買い漁《あさ》るようになっていた。

そんなある日、自宅に消費者金融からの催促状が届き、初めて宗一郎は、美鈴が個人でお金を借りていることを知った。

問い詰めると、美鈴は「自分がアルバイトしているお金で返済しているから、大丈夫よ」と、笑いながら言葉を返してきた。それでも、宗一郎は、「消費者金融の金利は高いから、それだけはやめろ」と語気を強めて注意した。ところが、美鈴は宗一郎の注意を意に介さず、ケロリとした表情で反論してきた。

「私、知っているのよ。あなただって昔、消費者金融から、お金を借りていたじゃない」

「な、なんで、それを知ってるんだよ」

「あなたの机の引き出しの中に、消費者金融のカードが入ってたわ。私が借りているのは、あなたと同じ消費者金融なのよ」

過去のこととはいえ、自分が消費者金融でお金を借りていたことが、妻である美鈴にバレたことで、宗一郎は恥ずかしくて仕方がなかった。

「消費者金融からお金を借りていたのは、お前と結婚する前の話だ。今はそんなバカなところから、金なんか借りていない」

宗一郎は、美鈴の目の前で、自分の消費者金融のカードにハサミを入れた。それ以来、お互いに、家の中で消費者金融の話には、一切触れなくなった。

大手広告代理店に就職して、史上最年少で部長に昇進し、給料だって30歳のときにすでに年収1000万円を越えていた。日本で給料が1000万円を超えているのは、全体の約4％しかない。そう考えれば、宗一郎は、世間で呼ばれている〝勝ち組〟の人生を歩んでいることになる。しかし――その生活の実態は、毎月のクレジットカードの支払いに追われるみじめなものだった。銀行の口座残高が不足すると、未だに妻が消費者金融からお金を借りてくるという瀕死《ひんし》の状況だったのだ。そして、賞与が振り込まれると、なんとか消費者金融からの借金だけはゼロに戻るのだが、これでは、翔太のように家を買うための頭金を貯めることなど、夢のまた夢の話だった。

同じ境遇で、一緒に幼少期を過ごし、高卒の公務員で給料が低く、〝弟〟という立場でありながら、翔太は自分よりも計画的に貯金している。宗一郎の兄としてのプライドは、弟と10年ぶりに会ったことで、さらにズタズタにされていた――。

帰りの車の中で、美鈴は瑠理香が寝入ったことを確認すると、苦々しい声で話し始めた。

「なによ、貧乏くさい生活しているくせに、一戸建てを買うなんてさ」

宗一郎は「俺たちが浪費をやめれば、すぐに家なんて買えるんだけどな」と言いかけたが、今は火に油を注ぐことになりそうなので、黙って美鈴の話を聞き続けた。

「子どもの教育だって、お金をかければ、もっと才能は開花するはずよ。それを犠牲にしてまで貯金して、自分たちが勝手に目標にした家を買うなんて、親のエゴ以外、なにものでもないわ。さらに、今から『老後の生活のためにお金を貯める』なんて、バッカじゃないの！」

美鈴の怒りは収まらないらしく、髪の毛をくしゃくしゃとさせながら「あー、腹が立つ！」と叫んで、助手席の窓ガラスをドンドンと叩いた。

「私ね、あなたの弟だから、あまり非難したくないけど、翔太さんの目が嫌なのよね」

「目？　なぜだ？」

「ほら、私、ネイルのアルバイトやってるじゃない。だから、人の表情とか仕草とか、結構、見てきているのよね」

「それと、何の関係があるんだ？」

美鈴は「最後まで、話を聞いて」と厳しい口調で言葉を繋げた。

「普通だったら、大きな目って、可愛らしかったり、インパクトがあったり、表情としてはプラスに働くことが多いの。でもね、翔太さんの目は、なにか違うわ。上手く言えないけど……あの目でジロって睨《にら》まれると、背筋がゾクっとするのよ」

宗一郎は、弟の目のことなど、ずっと見てきたので意識したことがなかった。しかし、ここで改めて指摘されると、翔太の目はかなり大きい。自分は死んだ母親に似て目が細かったが、翔太は――。

そう考えた途端、胸の当たりが急に熱くなった。

昔、実の父親の写真を見たことがあったが、母親と同じような細い一重まぶただった。とてもではないが、翔太のような特徴的な大きな目をしていない。

それよりも、大きな目をしているのは――自分たち兄弟に虐待を繰り返していた義父の目にそっくりだった。

「――その目が気に食わねぇんだよ！」

ふと、宗一郎は義父の言葉を思い出した。そして、忌《い》まわしい火災の記憶が蘇ったことで、眉間《みけん》に皺《しわ》を寄せながら、表情を歪《ゆが》めた。

「どうしたの？」

美鈴が、心配そうに顔を覗《のぞ》き込んできた。宗一郎は「いや昔、お前と同じようなことを言ったやつがいてさ」と前置きして、子どものころ、火災が発生したときの話を事細かに話し始めた。そして、宗一郎は、翔太がガスのないライターに火を点《つ》けた話や、雪山で遭難したときに湿った木に火を点けた話も、うまく結花のことを避けながら、美鈴に説明した。そして、義父の目と翔太の目が似ている話も、最後に付け加えた。

「気味悪いわね、その話」

美鈴は、悪寒を感じたらしく、自分の両腕の震えを押さえるように抱えた。

「これは、俺の思い過ごしだよ。人間が自分の意思だけで、自由に火を点けるなんてこと、できるはずがない。それに、翔太の目と義父の目が似ているだけで、血のつながりがあると考えるのも唐突すぎる。他人の空似《そらに》ってこともあるからね」

突然、美鈴が「あっ！」という声を上げた。

「大声を出したら、瑠理香が起きちゃうぞ」

「私、今の話、どっかで聞いたことがあるわ」

美鈴はスマホを取り出すと、何かを検索し始めた。

「昔、超常現象の特番で観たことがあるのよ。そこで、自分の意思で、火を点けたり、消したりする能力を持つ人の話が出てきてたわ」

しばらくすると、美鈴は「あった！」と叫んで、そのホームページに書かれている説明文を読み始めた。

「超能力のひとつで、〝パイロキネシス〟ってのが、あるみたい」

「パイロキネシス？」

知らない単語だったこともあり、宗一郎は、もう一度、聞き返した。

「〝人体自然発火現象〟とも呼ばれているらしいわ。対象物を見つめるだけで、自然発火させる超能力として、意外と事例も多いって、書いてあるわよ」

「そんなオカルトな話……誰が、信じるんだよ」

「でも、もし、翔太さんがパイロキネシスの能力を持っていたら、今まであなたが体験してきたことと、すべて辻褄《つじつま》が合うんじゃない」

２人の間に、気味が悪い沈黙が流れた。宗一郎のハンドルを握る手が、次第に汗ばんでいく。美鈴はのどをごくりと鳴らすと、静かな声で話し始めた。

「もし、自分が火を操れる能力があると知っていて、それで消防士になったとすれば、これほどの天職はないわよ。だって、自分で火を点けたり、消したりできるなら、消防士として活躍するのは確実じゃない。これこそ、パイロキネシスを最大限に発揮できる職業と言ってもいいくらいだわ」

美鈴は、最後にポツリと言葉を付け加えた。

「そんな気味悪い能力を持っていて、消防士をやっていたってことが世間にバレたら……きっと、すごいことになるわね」

おそらく、そのときの美鈴の顔は女の嫉妬《しっと》に満ちた、醜い表情であったに違いない。しかし、その表情を見る前に、宗一郎はラジオから流れてきたニュースに耳を奪われていた。

「東京都北区のマンションの敷地内で、男性が血を流して倒れているのを、通りかかった女性が見つけて、110番通報しました。男性は、乳製品メーカーの「雪永乳業」の取締役である神前隆一郎《りゅういちろう》さん。神前さんは15階のマンションの13階に住んでおり、最近は家族に、消費期限の偽装表示の問題で、眠れない日が続いているると話していたそうです。警察では、周囲の状況から自殺とみて、捜査を進めています――」

A THRIFTY MAN

第5章

家を買ったほうが、
賃貸よりも本当に“正解”なのか

——家の価値が下がってしまうと、売却できない

& A SPENDTHRIFT MAN

横田宗一郎／45歳
横田翔太／41歳

研究室の扉を開けると、強い暖房がかかっているせいか、ムッとした空気が押し寄せてきた。

「お入りください」

そこには、宗一郎が想像していたよりも、ずっと若い男性が立っていた。やや小太りで人懐《ひとなつ》っこい表情の男は、オカルト的な超常現象を研究している人物には、見えなかった。

「初めまして」

男が差し出した名刺には、「城南《じようなん》学院大学理学部物理学科　教授　大野尚幸《おおのなおゆき》」と書かれていた。

「わざわざ、こんな田舎の大学まで、ご苦労さまです」

大野教授は、宗一郎にコートを掛けるハンガーを手渡した。

「同じ東京でも、八王子は寒いですね」

「うちの大学は、山の上にありますからね。北風が強いと、なおさら寒さがきつく感じられるんですよ」

大野教授は、宗一郎のコートを壁のコート掛けに掛けながら、「このあとのご予定は？」と話しかけてきた。

「午後は、この近くの羽村《はむら》市に用事がありまして」

「では、そんなにゆっくりも、していられませんね」

大野教授は、改めて、宗一郎の名刺に視線を落とした。

「最初、連絡を受けたときは、驚きましたよ」

「なぜ、ですか？」

「電報堂といえば、誰もが知っている、大手広告代理店じゃないですか。そんな大企業から、私のようなオカルトを研究している学者に、何の用があるのか、さっぱり見当が付きませんでしたよ」

宗一郎は、「いやいや、そんな、オカルトだなんて」と言いながら、架空で作った企画書を、大野教授に差し出した。

「今度、火災予防のテレビCMを作ることになりまして、そこに火を自由に操るキャラクターが現れるというアイデアが出ているんです。いろいろ調べてみると、その能力は〝パイロキネシス〟と呼ばれていて、過去にテレビで特集されたことも分かりました。もしかしたら、面白い企画になるんじゃないかと思って、それで、大野教授に、詳しい話を伺いに来たんです」

宗一郎は、パイロキネシスの本を読んだり、インターネットで情報を収集しているうちに、大野教授の存在を知ることになった。彼の専攻は物理学だが、ライフワークのひとつとして、パイロキネシスについての研究も行っていた。学会での発表も何度もあり、世界的にも有名な人体自然発火現象の研究者の1人でもあった。もし会って話をすることができれば、翔太の持っている能力に関して、何かヒントが得られるのではないかと、ウソの企画書をでっちあげて、アポイントを取ったのである。

大野教授は、企画書を読み終わると、「なるほど」と言って、宗一郎の顔を見た。

「これを読む限り、まだ、あなたは、パイロキネシスのことを信じていないようですね」

宗一郎は「そんなことは、ないです」と、大袈裟《おおげさ》に首を左右に振った。大野教授は「いいですよ、いいんです」と言いながら、視線をこちらに向けた。

「それが、普通の人の感覚なんです。念じただけで、火が点《つ》けられるなんて、常識的に考えれば、できるわけがない。もし本当に、そんなことができる人間がいるとすれば、世の中、火事だらけになりますからね」

大野教授は、優しそうに頰《ほお》を緩《ゆる》めた。しかし、すぐに表情を引き締めて「でもね」と、言葉を繫《つな》ぐと、先ほどよりも重い口調で、ゆっくりと話し始めた。

「それに似た現象が、日常生活でも、よく起こっているんです」

「日常生活で……ですか？」

大野教授はその質問には答えず、右手を差し出して、宗一郎の手に触れようとした。その瞬間、パチッと音が鳴り、宗一郎は、その刺激に思わず「イタッ」と声を発した。

「これですよ」

「これって、静電気のことですか？」

「そうです。今まであなたは、コートやセーターで重ね着をしていましたよね。その服の摩擦によって、身体全体から〝マイナス〟の電気が奪われて、〝プラス〟の電気を帯びるようになっていたのです。一方、私は先ほどまで、金属を使った実験をしていたので、身体全体が〝マイナス〟になっていた。そして、あなたが〝プラス〟の電気を帯びているときに、私の〝マイナス〟の電気と触れ合わせたので、放電して静電気が発生したんです」

「でも、静電気だけでは、火は点きませんよ」

大野教授は「まぁ、そんなに、結論を急がないでください」と、落ち着いた口調で話を続けた。

「静電気は、誰でも同じように発生するとは限りません。世の中には、静電気が溜《た》まりやすい人と、溜まりにくい人がいるんです。つまり、静電気はその人の体質によって、発生する量や質が、まったく異なってくるんです」

「とすると、静電気が溜まりやすい人は、今、私が体験したものよりも、もっと大きな刺激を受けるってことなんですか？」

「そのとおり。身体に帯電する量が大きいと、それに比例して、放電したときの力は大きく、その刺激も大きくなる。つまり――」

大野教授は、前かがみになって、宗一郎に自分の顔を近づけながら、言葉を繋いだ。

「身体に帯電する静電気が、異常に大きい人間がいれば、自然発火させることも、可能なはずなんです。それを自分の意思で、強力な電磁波として放電できる人を、世の中では『パイロキネシス』と呼んでいるんです」

それを聞いて、宗一郎は、ゴクリとのどを鳴らした。

「でも教授、理論は分かりましたが、そんな超常現象を起こせる体質を持った人間が、現実に、存在するのでしょうか？」

大野教授は「パイロキネシスは、そんなに珍しい現象でもないんです」と答えると、本棚にあった分厚い資料を取り出した。

「2012年の5月にベトナムの都市ホーチミンで、当時11歳の少女の周囲で、謎《なぞ》の発火現象が頻発《ひんぱつ》したことがありました。そのあと、発火現象の規模は徐々に拡大していき、とうとう少女の自宅の3階部分を全焼させるほどの大火事になったんです。自宅が焼失したあと、少女は親戚の家に預けられたのですが、その家でも発火現象が相次いだために、周囲は彼女に、不思議な能力があるのではないかと推測し始めたんです」

宗一郎は、真っ先に翔太の顔が頭の中に浮かんだ。

「その少女に問いただすと、『疲れが溜まると、体温が上昇するのを感じて、自分の周辺のものが発火する』という証言を得ることができました。少女は、すぐにホーチミンの大学で検査を受けることになり、その結果、ある重大な事実が判明したんです」

「重大な事実？」

宗一郎が、語気を強めて聞き返した。

「専門家の調査によれば、その少女の右脳から、異常な数値の電磁波が出ていることが計測されたんです。この電波が、どうやらパイロキネシス現象に、深く関係しているようなんです」

「人間の意思で、右脳から電磁波を出す……それは、念じることによって、自然発火を起こさせるという意味でしょうか？」

大野教授はコクリと頷《うなず》くと、少し固い表情で答えた。

「ベトナム政府は、その情報をすべて公表しているわけではありません。不明なことも数多くありますが、今後、パイロキネシスの謎《なぞ》は少しずつ解明されていくはずです」

「だけど、静電気の延長線上で、発火するなんて……」

「他にも事例がありますよ」

大野教授は、その資料の別のページを開いた。

「2005年にオーストラリアで、ビル火災が発生したとき、現場にいた1人の男性が歩くたびに、足跡が焦げつく様子が確認されています。そのあと、その男性の着用していた合成繊維製の衣服を、専門家が調査したところ、４万ボルトもの静電気を帯びていたことが分かったんです」

「ということは、ビルの火災は、その男性が引き起こしたということですか？」

「すぐに結論づけるのは、危険です。静電気だけで４万ボルトにまで達するのは、自然界ではありえない現象だという専門家もいます。ただ、その現場を、警察が詳しく調べたのですが、最後まで、火災の原因となったものを見つけることができませんでした」

宗一郎は、「じゃあ、やっぱり」と言ったあと、もうひとつの疑問を大野教授に投げかけてみた。

「今までは、火を点ける話ばかりでしたが、逆に火を消すパイロキネシスというのも、存在しているのでしょうか？」

「静電気を電磁波として、自在に放電できるのであれば、同じ力で火を吹き飛ばすことも、理論的には可能です。実際に、その事例も報告されています」

大野教授は、別の棚から資料を取り出した。

「米国防総省の国防高等研究計画局では、電磁波と音響の技術を融合させた新しい消火システムが研究開発されているんです。火炎《かえん》プラズマの不安定化技術を用いた革新的な消火方法で、すでにハーバード大学で、実証実験まで行われています。手に持った棒状の電極を使い、メタンなどの燃料による小さな炎を消火するだけでなく、再発火を防いだり、さらに炎を曲げたりするなど、これらの実験はすべて成功しています」

宗一郎は、翔太が子どものころに、火を跳《は》ね退《の》けて、逃げ道を作ったことを思い出していた。火がまるで生き物のように動き、そして翔太の思うままに、自在に躍動する姿は、壮観でもあり、そして恐怖でもあった。

大野教授はそのあとも、パイロキネシスについて、具体的な説明をしてくれた。結局、まだ科学的な証拠が少なく、その科学的な証明もされていないため、オカルト的な超常現象の域を脱していないことも、理解できた。

そして、宗一郎の中では、この説明を聞いたことで、翔太はパイロキネシスの能力を持っているのではないかという疑念は、強い確信へと変わっていった。むしろ、パイロキネシスの能力で説明しなければ、辻褄《つじつま》が合わないことのほうが多いくらいだった。

ひととおりの話が終わったので、宗一郎は、大野教授に礼を言い、帰り支度を始めた。

「もっと、パイロキネシスの超常現象が有名になって、世の中から注目を浴びれば、私の研究にも、お金が集まりやすくなるんですけどね」

「研究には、やはりお金が必要なんですか？」

大野教授は「そりゃ、必要ですよ」と、言葉を繋いだ。

「できれば、パイロキネシスによる火災が発生した場所で現地調査をしたいんです。他にも、アメリカ、ロシア、中国の研究機関を訪ねて、直接専門家と話もしたい。でも、海外に渡航する費用だけでも、バカになりませんからね。まだまだ世の中では、パイロキネシスは超常現象だと考えられているので、研究に予算がつくことは期待できませんね」

大野教授は、雪がちらつく外を見ながら、小さなため息をついた。

「そもそも〝火を点ける〟という行為自体は、ライターがあれば代替できるので、あまり役に立たない能力なんです。予知能力やテレパシー、サイコキネシスみたいな超常現象のほうが、代替できるものがないので、話題性があり、お金も集まりやすいと思いますね」

大野教授は自虐《じぎゃく》気味にそう言うと、掛けてあった宗一郎のコートを手に取った。

宗一郎は「ありがとうございます」と礼を言うと、「最後に、ひとつだけ質問してもいいですか？」と、大野教授に聞いた。

「なぜ、大野教授は、パイロキネシスの研究に興味を持たれたんですか？」

大野教授は「面白い質問ですね」と、静かな口調で話し始めた。

「地球上で、火をコントロールできる動物は、人間しかいませんよね。そのことで、人間は、他の動物よりもあとから出現したにもかかわらず、地球上の覇者になれました。その火を最初に操るきっかけを作ったのが、パイロキネシスの能力を持った人間じゃないかというのが、私の仮説なんです。とすれば、『今の人類の繁栄は、パイロキネシスの能力のおかげで、その遺伝子が現代まで引き継がれてきた』と想像したら、すごく興味が出てきたんです」

宗一郎はパイロキネシスに対して、神秘的な感覚を覚えた。同時に、人間が火を操る能力を身に付けていても、おかしな話ではないとも感じた。

大野教授は、さらにつぶやくように話を続けた。

「この日本に、パイロキネシスの能力を持った人間がいれば、私の研究はもっとやりやすくなるんですが……私が生きているうちに、日本人でパイロキネシスの能力を持つ人間が現れてくれると、嬉しいんですけどね」

宗一郎は、「その能力を持っているやつなら、知っていますよ」という言葉を、ぐっと飲み込んだ。大野教授は、まさか目の前にいる人物の弟が、パイロキネシスの能力を持っているとは知る由《よし》もないだろう。

「1982年のイタリアで、1ヶ月間で3軒の家が火事になるという事件があったんです。その原因を調べていくうちに、すべての家で同じベビーシッターの女性が勤めていて、パイロキネシスの能力で火災を起こしたと疑われ、有罪判決が下されたことがありました。当時は、〝中世の魔女狩り〟とも呼ばれて、新聞各紙で『魔女と呼ばれたベビーシッター』なんて、書きたてられたそうですよ。つまり、この能力を持つ人間がいたら、危険人物として、社会から抹殺《まっさつ》される可能性が高いんです。だから、たとえパイロキネシスの能力を身に付けていたとしても、その人間はおそらく、自ら名乗り出ることはないでしょうね」

その瞬間、宗一郎は心の中で、太い一本の糸が切れるような音を聞いた。そして、胸の奥底にしまっていた黒い大きな穴から、どす黒い煙が湧《わ》き出てくるような嫌悪感を、自分の力で抑えることができずにいた。

宗一郎は、頭の中で、いろいろな考えを巡らせながら、研究室の扉に手をかけた。すると、大野教授は「ご苦労様でした」と、深々と頭を下げてきた。

「お礼を言うのは、私のほうですよ」

「いやいや、パイロキネシスが少しでも世の中に広まってくれることは、研究者にとって嬉しいことなんですよ。もし、質問があったら、いつでも研究室のほうに足を運んでください」

「ありがとうございます」

「あっ、それとこのあと、羽村市に立ち寄られると言ってましたよね」

宗一郎は「は、はい」と、明らかに戸惑いの返事をした。

「羽村市の名物〝兄弟まんじゅう〟って、ご存知ですか？」

「兄弟まんじゅう？」

「江戸時代に、玉川上水《たまがわじょうすい》を開削《かいさく》した玉川兄弟にちなんで作られた饅頭《まんじゅう》なんですよ。こし餡《あん》とつぶ餡の2種類があって、とても美味《おい》しいんです」

大野教授の話に、宗一郎は「ぜひ、食べてみます」と笑顔で答えた。しかし、振り返って1人で歩き出したとたん、顔を歪《ゆが》めながら小さな声で、「よりによって、兄弟まんじゅうかよ」と、大野教授に聞こえないぐらいの、小さく、そして鈍い音の舌打ちをした。

義父に会いに行く

義父からの最後の手紙は、八王子市の近くにある羽村市の小さな老人ホームから届いていた。宗一郎は、義父に会いたくなかったが、この手紙の内容と、手紙が届かなくなった理由を、兄として確認しておくべきだと考えて、やっと足を運ぶ気になったのだ。

そして——宗一郎には、もうひとつ義父に尋ねたいことがあった。それは、義父は自分たち兄弟と、実は血の繋がった親子ではないかということだった。

この疑問は、翔太と再会してから、ずっと宗一郎の頭の中に渦巻いていた。

何度も、自分たち兄弟に接触を図ろうとする速達の手紙。翔太と同じ大きな目を持つ義父の顔。今まで恨《うら》み憎んできた赤の他人が、もし、本当の父親だったら——自分は、過去に犯した父親の虐待を許すことができるのだろうか。それとも、許さずに、今後も憎み続けるのだろうか。その結論が出ないまま、宗一郎は複雑な感情を胸に抱えて、羽村駅に降り立った。

義父が入居している老人ホームは、羽村駅からタクシーで20分ほどのところにあった。

建物は古い木造の2階建て。おそらく、築年数の古いアパートを改築したものなのだろう。宗一郎は、ガラス戸の入口に立つと、大きな深呼吸をして、呼び鈴を押そうとした。すると、それよりも早く扉が開いて、50歳前後の女性が出てきた。

「はい、何か？」

眉間《みけん》に皺《しわ》を寄せて、見上げるその表情には、明らかに不信感が漂っていた。

「私、ここでお世話になっている横田憲明の息子なんですが」

「横田……憲明さん？」

年配の女性は、さらに深い皺を眉間に寄せながら、首をかしげた。そして、「ちょっとお待ちください」と、そのまま後方を振り返り、「徳山《とくやま》さーん！」と大声で叫んだ。すると奥から、同い年ぐらいの小柄な女性が、せわしなくエプロンで手を拭《ふ》きながら、現れた。

「横田さんって人を、訪ねて来たんだって」

最初に応対した女性は「あとはよろしくね」と、そのまま宗一郎の横をすり抜けていった。あとを任された徳山という女性は、「横田？」と一回、首をかしげたが、すぐに「あぁ、もしかして、あの横田さんのことかな」と優しそうな顔で宗一郎を見上げた。

「それで、どちら様ですか？」

「横田憲明の息子です」

「息子さん！」

徳山は口元を押さえて、驚いた表情をしてみせた。

「義父が、こちらでお世話になっていると聞いたのですが？」

徳山は顔をしかめながら、言葉を詰まらせた。そして、「何もご存知ないんですか？」と聞き返すと、静かに言葉を繋いだ。

「横田さん、数年前に、お亡くなりになりましたよ」

「えっ！」

宗一郎の絶句した表情に、徳山は申し訳なさそうな顔をして頷くと、ゆっくりとした口調で話し始めた。

「昔、火事で大やけどを負ったせいで、身体が不自由になったみたい。しばらくは、ご兄弟の家に身を寄せていたんだけど、60歳を過ぎると介護が必要な状態になってね。それで、ここの老人ホームに入居してきたんですよ。でも、最後は心不全で……急なことだったんで、誰も最後を看取《みと》ることができなくて」

宗一郎は「そうだったんですか」と静かに言うと、神妙な顔つきで「最後は、誰が遺骨を引き取ったんですか？」と尋ねた。

「ご親族のかたでしたよ。確か、横田さんの弟さんだったかな……本当に、何もご存知ないんですね」

宗一郎は「義父の所在が、最近まで分からなかったもので」と、気まずそうな表情を浮かべた。すると、徳山は「あぁ！　思い出した！」と叫んで、先ほどより大きめの声で話しかけてきた。

「もしかして、あなた、長男の宗一郎さん？」

突然、名前を当てられたので、宗一郎は「はっ？」と驚きの声を上げた。そして「そうですけども」と恐る恐る答えると、徳山は「弟さんは、確か……消防士で翔太さんって、名前でしたよね」と、嬉しそうな笑《え》みを浮かべた。

「なぜ、私たちの名前をご存知なんですか？」

「だって、横田さん、毎日、私たちヘルパーにそれを話し続けていたんですもの。ホントに毎日、毎日、話すもんだから、私、あなたたちの名前、覚えちゃったわよ」

「毎日、ですか？　僕ら兄弟の名前をですか？」

高鳴る胸の鼓動を抑えながらも、宗一郎は聞き返した。

「そうよ。『俺の自慢の息子たちなんだ』というのが、横田さんの口癖だったわ」

宗一郎は、頭の中を棒でえぐられるような嫌な感覚を覚えた。しかし、徳山は構わず、話を続けた。

「横田さん、いつも『息子たちに会いたい、会いたい』って言ってたわよ。だけど、身体が不自由だから、会いに行くことはできなくてね。仕方なく、手紙をずっと弟さんの職場に送り続けていたわ。できるだけ速く手元に届くようにって、いつも手紙は速達で出してたわよ。電話をすれば早いじゃないと言ったんだけど、『それは、恥ずかしいんだよ』って、ずっと手紙を出し続けていたのよ」

それを聞いているうちに、宗一郎の頭の中では、義父が憎悪の対象から、哀れみの対象へと変わっていき、やがて、深い悲しみへと変化していった。

「もっと、早く知っていれば……」

宗一郎は、頭を深く垂れた。それを見た徳山は、優しく宗一郎の肩を叩くと、静かに話し始めた。

「仕方がないわよ。知らなかったんだし」

「でも、息子なのに、義父の死に目に会えないなんて」

徳山は「だから、仕方がなかったのよ、横田さんも身体が不自由だったんだし」と、落ち込む宗一郎の肩をゆすった。そして、少し間を置いてから、徳山はつぶやくように言葉を発した。

「火事で、大やけどさえしていなければ、もっと元気に動き回れたんだろうけどね」

その一言で、宗一郎の憎悪は一気に、〝あの男〟に向き始めた——。

早朝4時。

宗一郎と翔太は、古い採掘場に特設した撮影現場にいた。

まだ日も上らない暗がりの中、たくさんの撮影スタッフが右往左往《うおうさおう》しながら、準備に追われている。

「悪いな、こんな仕事を、お願いしちゃってさ」

翔太は、首を横に小さく振って「別にいいよ」と、短く答えた。

「日当、出るんだろ」

「ああ、お前がいなければ、このテレビCMは撮れなかったんだからな」

宗一郎は、現場にポツンと立った小さな家を指さした――。

藤野取締役に呼ばれて、アセンの新しいテレビCMの依頼を受けたのは、半年前のことだった。新発売される『辛さ大爆発』という炭酸飲料水の発売に絡んで、宗一郎は一戸建ての家を爆破させる派手なテレビCMを作ることを提案した。

過去に、宗一郎が作ったテレビCMの実績が認められていることもあり、藤野取締役からは、「いつもどおり、面白いのを頼むよ」と注文されただけだった。そのテレビCMの中で、民家に火の手が上がり、それを消防士が消火するというシーンがあった。その演技指導で、本職の消防士でもある翔太のアドバイスを撮影現場で受けることになったのである。

「東京消防庁にも、うちからの企画書を提出して、協力を要請したんだけどな。テレビCMの撮影と告げたとたん、『この火薬の量なら問題はない。民間の利益のために、協力はできない』って、そのまま門前払いされてしまったんだよ」

翔太は「お役所仕事だからね」と言いながら、爆破される予定の小屋に近づいていった。仮設で建てた一戸建てとはいえ、見た目は、本物の民家と変わりない。翔太はその壁を手でさすりながら「これを爆破させるなんて、もったいない」と、拳《こぶし》で軽く家の壁面を叩いた。

「そういえば――」

翔太は思い出したように、宗一郎に声をかけた。

「兄さん、年賀状にも書いてあったけど、引っ越したんだって?」

「ああ、千代田区にある45階建ての高層マンションに引っ越した」

「また、すごいところに、住んでるねぇ」

翔太は、大きな目を見開きながら驚いた。

「今まで住んでいたマンションの横に、巨大なオフィスビルの建設が決まって、工事が始まったんだよ。そしたら、土日も大型車両が出入りする音でうるさいし、建ったら、うちのマンションよりも高いから、眺望も悪くなるだろ。

それで、引っ越すことに決めたんだ。ただ、美鈴が、『給料も上がっているんだから、今よりもグレードの高いマンションに住みたい』って主張するもんだからさ。それで探していたら、その高層マンションの30階の一室がちょうど空いていて、それで決めたんだよ。今、住んでいるマンションよりも東京駅に近いから、出張するときもラクだし、飲みに行って夜遅くなっても、歩いて帰れるから便利な場所なんだよ」

宗一郎の話に、翔太は「よくそんなマンションを買えたねぇ」と感心した口調で言葉を返した。

「いや、買ったわけじゃない。月額30万円の家賃で、借りてんだよ」

それを聞いて、翔太の表情が曇り始めた。

「借りたって――また、賃貸にしたの？」

「もともと、家を買う気なんて、サラサラないからな。賃貸のほうが、自分たちの生活スタイルや給料、それに子どもが通う学校に合わせて、住む場所を自由に変えることができるだろ」

この話は、半分がウソで、半分は本当だった。

持ち家と賃貸は、どっちがトクなのか

5年前、翔太の家を訪問して帰ったあと、美鈴と2人でお金のことについて、真剣に話し合った。あのとき、美鈴もよほど悔《くや》しい思いをしたのか、それ以来、無駄な買いものが減り、銀行の口座残高が給料日前にゼロになることはなくなった。

そのあと、宗一郎は、少しでも毎月の返済をラクにすることを計画し、家計を苦しめているクレジットカードのリボ払いや車の提携ローンの借金を、すべて東京ABC銀行の『おまとめローン』で、借り換えることにした。これは、宗一郎が大企業で働いていて、かつ給料が高いから可能なワザだった。これで、平均の金利が10%近くあったものを、3分の1以下の3%まで下げることができた。そして、消費者金融の借金も、毎月の給料の一部から、少しずつ返済できるようになった。

やがて、半年ごとに振り込まれる賞与は、消費者金融の返済に充てる必要がなくなり、『おまとめローン』の繰り上げ返済に充《あ》てるようになった。これに

より、さらに払う利息が減り、毎月の家計は、劇的に改善されていった。

今回、宗一郎が知ったことは、給料が高いときでなければ、借金の整理をするのは不可能だということだった。もし、給料が低ければ、『おまとめローン』を利用することができず、ずっと高い利息を払うことになったはずだ。この悪循環を断ち切るためには、生活費を切り詰めて、欲しいモノも買わずに、我慢するしかない。しかし、金利の高い借金が多ければ、その元本を劇的に減らすまでには、何年もかかってしまう。そうなると、自分たちの性格からして、嫌気が差して、再び無駄遣いを始めて、苦しい借金生活に逆戻りしていたはずだ。そう考えると、たまたま、自分の給料が高いうちに、家計を見直すチャンスに巡り合えたことは、非常にラッキーだったと言える。

宗一郎は、お金の回りがよくなったことで、翔太に負けないように家を買おうと考えた。しかし、美鈴と２人でマンションを見に行ったのだが、２人が買いたいと意見が一致したのは、１億円以上もするマンションだけだった。試しに、頭金がゼロで、銀行の住宅ローンに申し込んでみたが、案の定《あんじょう》、審査で落とされてしまった。

銀行の担当者は申し訳なさそうに、宗一郎に、住宅ローンのアドバイスをしてくれた。

「お客様の年齢と給料から、借りることができる上限額は、だいたい決まってしまいます。まず銀行によっては条件を付けて、45歳のかたに35年間で返済する住宅ローンを組むこともあるようですが、原則は、働ける年齢が65歳までとして、20年間の返済で考えます。次に、すでに『おまとめローン』の借金があるため、その分は上限額から差し引かれます。とすると、住宅ローンとして借りられる上限額は、5000万円ぐらいにしかならないんです」

自分たちが欲しいマンションが買えないのは残念だったが、頭金がゼロでも、5000万円のマンションなら買えることが分かったのは、大きな収穫だった。そのあと、2人で、5000万円前後のマンションを見に行ったのだが、一向に買いたいと思えるマンションに出会うことはなかった。そこには、高卒の公務員である翔太が買った一戸建てが、3980万円だったこともあり、それとたったの1000万円しか違わないマンションを買う自分に対して、納得できないという理由もあった。

そこで頭に浮かんだのが、美鈴の実家から、お金を贈与してもらう作戦だった。翔太が結花の両親から1000万円を出してもらえたように、自分も美鈴の実家に頭を下げれば、もしかしたら、お金を少し援助してもらえるかもしれない。幸いにして、美鈴の実家とは良好な関係だった。孫である瑠理香も可愛がってくれているし、宗一郎に贈与するのではなく、あくまで、娘の美鈴への贈与なので、出してもらえる可能性は大いにあると予想していた。

早速、宗一郎は美鈴と協力して、「家を買いたいから、お金を援助してくれないか」と義父に頼んでみる作戦を立てた。美鈴の両親の自宅は周りの家と比べると大きく、高級外車にも乗っている。義父の身に付けていた腕時計も、300万円以上するブランド品だった。宗一郎は、「もしかして、1000万円どころではなく、5000万円ぐらい贈与してくれるかも」という期待が高まった。

宗一郎は、美鈴と一緒に、マンションを買って生活を安定させることは、娘の瑠理香にとってもよいことだと、一生懸命に義父と義母にアピールした。ところが、美鈴の両親からは「そんな貯金は1円もない」という、そっけない答えが返ってきた。

結局、これだけ生活が派手ということは、お金を使っているという証拠でもある。おそらく、貯金がないのは、ウソではないのだろう。

その帰り道の車の中で、美鈴が、ポツリとつぶやいた。

「お父さん、昔から、派手好きだったのよ」

「どういうことだよ」

「銀行員って、昔は給料が高い花形の職業だって、言われてたでしょ。でも地位が上がり、仕事量も増えているのに、まったく給料が上がらず、賞与もカットされたって、よく愚痴《ぐち》をこぼしていたのよ。今の時代、銀行でさえ、売上がずっと右肩上がりじゃないってことよね。それなのに、きっとお父さんもお母さんも金銭感覚は変えられず、貯金なんてできなかったのよ。まぁ、お父さんには、それなりの企業年金が入ってくるとお母さんが言ってたから、老後の生活には困ってなさそうだけど」

美鈴は、残念そうに「あーあ」と両手を大きく広げた。

「私が派手好きなのは、父親の遺伝なのかもしれないわね。そしたら、私の買い物癖も治らないじゃないの」

宗一郎は、結花の「自分が貧乏性なのは、両親からの遺伝だ」という発言を思い出した。

本当にそうなのだろうか――。

確かに、離婚しやすい遺伝があるように、金銭感覚の遺伝もあるのだろう。しかし、それよりも、子どものころの生活環境が、大人になってからの金銭感覚に大きく影響を与えるのではないだろうか。

好き勝手にお金を使う親は、子どもが欲しいとねだったら、すぐにモノを買い与えるはずである。そうすると、自分の欲求に身を任せて、ブレーキをかけられないまま、大人になってしまう。一方、貧乏性の親は、子どもに我慢を覚えさせながら、育てるはずだ。そうなると、大人になってからも、その習慣が持続して、欲求をコントロールできるようになる。

とすれば、大人になった美鈴に「結花と同じように、お金を使わない性格になれ」と言ったとしても、本人も自覚しているように、無理なのだろう。なぜならば、それは〝考え方〟ではなく、築き上げられた〝性格〟の問題だからである。

だが――その理屈を当てはめると、もうひとつの新たな疑問が、浮かんできてしまう。

それは、自分と翔太の金銭感覚の違いだった。同じ生活環境で育ったにもかかわらず、なぜ、２人は、ここまでお金に関して考え方が違うのか。

しばらく悩んだ宗一郎は、あるひとつの仮説を立てた。

もしかしたら、子どものときに、貧乏というレベルではなく、生死に関《かか》わるような極貧状態になってしまうと、価値観が極端になってしまうのではないか。

自分はお金には興味がまったくなく、そのお金によって買ったモノに対して価値を感じる人間である。一方、翔太の場合は、お金そのものに異常に興味があり、執着している。好きなお金が、銀行の口座残高として増えていくことで、将来も安心できて、生きていると実感できるのではないか。そう考えれば、金遣いの荒い宗一郎と貧乏性の翔太という真逆のパターンの兄弟がいても、まったく不思議な話ではなかった。


宗一郎の発言が〝半分は本当で、半分はウソ〟というのは、マンションが買えない訳でもなく、あえて、賃貸に住みたい訳でもないという意味だった。

翔太は、「兄さん、なにバカなことを言ってんだよ」と、家を買ったほうが、借りるよりもトクだという話を、淡々と語り始めた。

「65歳で定年を迎えて、そのときにお金がなかったら、住み続けることができないだろ。もしお金があったとしても、高齢になると、賃貸の審査に落ちてしまうことも、よくあるんだよ。でも、持ち家だったら、そんな心配はないし、家そのものが財産になるんだ」

将来の不安を取り除くという点では、翔太の理論は、いつもどおり正しかった。ただし、今回ばかりは、翔太が反論してくることを想定して、宗一郎は不動産に関して猛烈に勉強してきていた。そして、今の自分の行動を正当化するために、「持ち家よりも、賃貸のほうがトクだ」という結論を、導き出してきたのである。

宗一郎は、自信たっぷりの口調で「それは、どうかな」と、翔太に反論し始めた。

「家が財産というけれども、もし日本がデフレになったら、その価値はドンドン下がっていくはずだぞ。それなのに、固定金利で元利均等返済ということは、最初は、利息ばかりを払っていることになるから、借金の元本はなかなか減らない。つまり、含み損を抱えることになってしまうんだ。しかも、自分の給料が下がったら、その返済すら苦しくなる。一方で、賃貸だったら、デフレになれば家賃も下がってくるし、もともと自分のものではないから含み損を抱えることもない。そして、自分の給料が下がって家賃が高いと感じたら、住むマンション自体を変えればいいだけだ。賃貸には、身軽というメリットがあるじゃないか」

翔太は「その考え方は、おかしいよ」と、半笑いしながら言葉を返した。

「前にも説明したけど、俺が買った家は、自分の給料から逆算して、無理のない毎月の返済額を設定しているんだよ。だから、含み損がある家になったとしても、住み続けていれば、なんの問題もないよ。しかも、住宅ローンには、団体信用生命保険がついているから、自分が死んだ瞬間に完済されて、家族が路頭に迷うこともない。さらに、銀行から借金をしていれば、所得税が安くなる住宅ローン控除の特例だって使える。それに対して、賃貸だと兄さんが死んだ場合、家族は家賃が払えなくなる可能性だってある。いや、月30万円もする家賃を、現実的に払い続けるのは、不可能だと思うよ」

宗一郎は、ニヤリと笑うと、「本当に、家を買うことが、お金に困らない生活になるのかな」と反論を加えた。

「お前の一戸建ての家は千葉にあって、さらに駅から歩いて30分のところにあったよな。しかも、東京駅から、電車で1時間もかかる郊外の駅だ」

「それが、何か問題でも」

「これから、日本の人口はドンドン減っていく。しかも、高齢になれば、足腰が弱くなって、東京都心から離れた駅であったとしても、その駅から10分以内の家に住みたい人が、多くなるはずだ」

「10分というのは、『徒歩で』という意味だろ。高齢者は車で移動することも多いから、徒歩30分でも、車だったら10分もかからないから、それほど不便じゃないよ」

「いや、公務員のお前には分からないかもしれないが、日本の経済は、供給と需要で成り立っているんだ。供給が少ない土地は価格が高くなり、供給が多い土地は価格が低くなる」

翔太は「それぐらい、高卒で公務員の俺でも、知ってるさ」と、大声で笑い出した。しかし、宗一郎は、表情を崩さず、真顔で翔太に質問を振った。

「じゃあ質問するが、円の面積の計算式って知っているよな」

「そりゃ、π×半径×半径だろ」

「とすれば、円の面積は、半径の２乗に比例するから、徒歩10分の土地と徒歩30分の土地では、距離は３倍でも、面積は９倍になる。つまり、徒歩30分の土地は、供給が断然多くなるから、価値もそれに比例して、かなり安くなってしまう」

翔太は「んぐ……」と、言葉を詰まらせてしまった。直線距離で考えると違いが分からないが、円の面積で考えれば、徒歩30分の土地が、いかに供給量が多いのか想像できた。

宗一郎は、自分の意見が優勢だと分かると、さらに追い討ちをかけた。

「さっき、翔太は住宅ローン控除で、所得税が安くなっていると主張していたな。それって、年末の借入の残高の1％を10年間、所得税から引いてもらえる特例だろ。お前は、1980万円しか借りていないから、最大でも1年間19万円で、10年間で元本が少しずつ減っていくことを考えると、170万円くらいしかトクになっていない。一方、俺の会社には、社宅制度があるんだ。つまり、会社がマンションを社宅として借りてくれているから、俺は家賃の10％を払うだけでいい。会社としては、家賃の90％を払うけど、その分は俺の給料を下げているから、負担は変わらない。でも、これで俺は下がった給料に見合う所得税を払えばいいから節税することができて、その金額は1ヶ月10万円、1年間で120万円にもなるんだ。これは、住宅ローン控除と違って、俺が会社で働き続けるかぎり、ずっとトクになる話なんだぜ」

宗一郎は、鼻の穴を大きく膨らませた。昨日、徹夜で、翔太が住宅ローンの控除の制度で、どれくらいトクになっているのかシミュレーションした甲斐《かい》があったと思った。

翔太は税金のことで、宗一郎に言い負かされることを予想していなかったらしく、悔しそうな表情のまま、押し黙ってしまった。

「どうだ？　賃貸のほうが、持ち家よりもトクになるだろ」

宗一郎が上から目線で問いかけると、翔太は唇を嚙《か》み締《し》めながら、言葉を絞り出した。

「……そもそも、俺は、自分の家を売るつもりはない。売らない限り、持ち家のほうがトクだ」

宗一郎は大袈裟に、「おいおい、それは、おかしいんじゃないか」と、両手を広げて話し始めた。

「人生のリスクはゼロにして、それでも石橋を叩いて渡るのが、翔太の生き方じゃなかったのか？　もし明日にでも病気になれば、段差が多い一戸建てではなく、バリアフリーのマンションに住みたくなるはずだ。そのときに、借金が残っていたら、含み損がある家を売ることができないじゃないか。でも、賃貸なら、その心配はなくなる」

翔太は、顔を真っ赤にして首を大きく左右に振った。

「いいや、やっぱり俺は、バカ高い家賃を払って、東京都心の高層マンションに住むことのほうが、ナンセンスだと信じる。定年になれば、そんな高い家賃は払えなくなって、貯金もなくなり、山奥に引っ越して、田舎暮らしでもするようになるんじゃないかな」

翔太は「きっと最後はお金に困って、田舎でキノコでも育てて暮らすような老後になるんだよ」と吐き捨てるように言った。しかし、宗一郎は、「キノコを育てる生活か。それも悪くないな」とつぶやいて、鼻で笑いながら話を続けた。

「俺は将来、会社を辞めるときには退職金、そのあと厚生年金がもらえるんだ。含み損を抱えていなければ、貯金がなくても、生活には困らない。そもそも、会社を辞めたら、社宅扱いじゃなくなるし、東京都心に住む必要もないから、郊外の駅直結のマンションに住みかえるつもりだ。そうすれば、家賃はかなり安くなるだろ」

宗一郎は、さらに勝ち誇った口調で言葉を繋いだ。

「俺は、このあと会社で出世して、将来は取締役にまで登りつめるんだ。その目的を達成するためには、今ある時間を1分1秒でも、無駄には使いたくない。アホみたいに、毎朝の無意味な満員電車に揺られている時間を削るためにも、会社に近い千代田区のマンションに住んでいるんだ。銀座に飲みに行って帰れなくなり、高いタクシー代を払ったり、自腹でホテルに泊まったりするぐらいだったら、最初から高い家賃を払ってでも、東京都心に住んだほうがトクだろ。それに、東京のほうが、子どもの教育環境は、千葉よりも充実している」

そこは聞き捨てならなかったのか、翔太は語気を強めながら反論した。

「それはいくらなんでも偏見だろ。千葉だって、教育には熱心だよ」

「さぁ、それはどうかな。学校のレベルだけじゃなく、学習塾のレベルだって、圧倒的に東京のほうが高いはずだぞ。それに、周りにがんばる人が少ない環境よりも、競争する意識が高く、上の学校を目指す人が多いほうが、子どもはやる気になる。特に千代田区は、東京の中でも、1位、2位を争う最強に教育熱心な地域なんだ」

翔太は「何が最強だ！」と毒づくと、続けて「まぁ、老後がお楽しみだね」と、頬を引きつらせた。

「兄さんと俺、どっちの意見が正しかったのか、老後になったら、ハッキリ分かるはずだ」

「ずっと節約して、老後のために貯金して、それが人生の楽しみなんて、俺には想像すらできないけどな」

翔太は、顔を歪めながら、静かな口調で言った。

「まるで……『アリとキリギリス』だね」

「は？　なんだ、それ」

「外国の寓話《ぐうわ》だよ。アリがずっとコツコツと働き続けて、キリギリスはずっと遊びほうけるんだ。そのまま冬になると、蓄えがないキリギリスが、アリのところに助けを求めに訪ねて来る」

「なるほど、つまり、俺がキリギリスで、翔太がアリか。これは、うまく譬《たと》えたもんだ」

宗一郎は、ゲラゲラと笑い出した。だが、翔太は表情ひとつ変えず、大きな目でじっと宗一郎を睨《にら》み続けた。

「兄さんが困っても、俺は、そのアリと同じように、助けてあげないからね」

「そりゃ、結構。お前に助けられるような、しみったれた人生は送らない。それに——」

宗一郎は、一瞬の間を置いてから、頬を緩めながら言葉を繋いだ。

「もし、俺が食べ物に困ったキリギリスだったら、アリに、こう言うつもりだ。『俺は、人生を十分に楽しんだ。だから、最後は自分の死骸《しがい》でも食べて、お前ら生き延びてくれ』ってね」

そのとき、遠くのほうから、スタッフの集合の合図が聞こえてきた。

「さ、仕事に戻るぞ」

宗一郎は、苦虫を噛みつぶしたような顔をする翔太の肩を、ポンと叩いた。そして、しばらく歩き出したところで、翔太に聴こえないぐらいの小声で、つぶやいた。

「この、父親殺しめ——」

兄弟間の確執の末に……

「指示どおり、火薬の量は２倍にしておきましたよ」

大道具担当のスタッフから報告されると、宗一郎はコクリと頷いた。

「あの家を爆発させることは、1回しかできないんだ。万が一、火柱や炎が小さかったりしても、撮り直しはできないからな」

「でも、2倍は、ちょっと多すぎやしませんかね」

「大丈夫だよ。消防士の弟にも相談した。あのくらいの火薬の量で、ちょうどいいらしい」

宗一郎は、平気な顔をして、ウソをついた。

火薬の量を2倍にしたことは、翔太には一言も相談していなかった。それどころか、この事実は、宗一郎と火薬を設置した大道具のスタッフしか、知らないことだった。

「火薬を増やしたことを事前に知られてしまうと、スタッフや役者がビビってしまうからな。誰にも、しゃべるなよ」

宗一郎は、大道具のスタッフに耳打ちすると、近くで小型カメラを構える学生インターンの藤巻《ふじまき》のところに、駆け寄った。

「そのカメラで、撮《と》れそうか?」

「ええ、こんな感じで、いいんですよね」

藤巻は、カメラのファインダーを宗一郎に覗かせた。そこには、現場の消防士役を演じる男性の役者にアドバイスする、翔太の姿が映し出されていた。

「今のハンディカメラは、かなり性能がいいですからね。僕みたいな学生でも、いい映像がしっかり撮れますよ」

「問題は、なさそうだな」

藤巻は小さく頷くと、きょろきょろ見回してから、宗一郎の耳元に顔を近づけた。

「この仕事をやったら、本当に電報堂の就職に、有利になるんですか？」

宗一郎は「ああ」と、短く返事をした。

「ちゃんと、人事部に口を利《き》いてやるよ。それに、これはテレビＣＭを制作しているメイキング映像になるだろ。ほら、ユーチューブとかに、テレビＣＭが完成するまでのメイキング映像が、アップされていたりする」

「それ、よく見ますね。裏話的なコンテンツなので、興味を引きますよ」

「インターネットと映像の融合は、学生であるキミのほうがずっと詳しいはずだ。アクセス数が爆発的に増えたコンテンツを作った経験があれば、面接のときに、かなりアピールできる材料になるんじゃないかな」

宗一郎がそう言うと、藤巻は「分かりました！」と元気な返事をして、再び、カメラのファインダーを覗き込んだ。

宗一郎は、心の中で「これで、完璧だ」とつぶやいた。

火薬を2倍にした家は、予想よりも、はるかに大きい火柱を上げて爆発する。きっと、火を消さなければ危険な状態になり、翔太は、パイロキネシスの能力を使うことになるはずである。その一部始終を撮って公開すれば、翔太に奇異の目が向けられて、今の消防士という仕事を失うはずだ。その結果、自分の昔の彼女を奪い取って作り上げた、忌《い》まわしい家庭も崩壊させることができる。そして、義父を火だるまにした罪も、償《つぐな》わせなければいけない――。

「なんか、面白いことでもあったんですか?」

突然、藤巻に声をかけられて、宗一郎は反射的に口元を押さえた。

「な、なんだよ、突然」

「だって、気持ち悪いぐらい、ニヤニヤ笑ってましたよ」

「そ、そうか?」

宗一郎は勘づかれまいと、「ほら、あれだよ、ほら――」と、すぐに言葉を繋いだ。

「風が強くなってきただろ。これで火が煽《あお》られれば、もっと派手な映像が撮れるんじゃないかなぁと思ってね。そうなったら、クライアントも喜ぶだろ」

取って付けたような宗一郎の言い訳に、藤巻は首をかしげながら、「そんなもんですかね」と、再びファインダーを覗き込んだ。


「よーい、スタート！」

プロデューサーの合図で、撮影が開始された。

宗一郎と翔太は、現場スタッフが控える仮設テントの中で、現場を見守った。しばらくして、火薬の着火ボタンが押されて、凄《すさ》まじい轟音《ごうおん》と共に、一戸建ての家から20メートル近い炎が燃え上がり始めた。

いくら火薬を２倍にしたとはいえ、宗一郎が予想していたよりも、はるかに大きい火柱だった。あまりの光景に足がすくんでしまい、しばらく声が出なかった。

「ちょっと……火が、大きすぎるんじゃないか」

それを口に出したときには、すでに撮影現場は、パニック状態に陥っていた。火薬を２倍にしたことを知らない他のスタッフは、宗一郎以上に動揺していて、大声で消火活動の指示を出していた。

「逃げろ！　このままだと、撮影スタッフに、火が燃え移るぞ！」

翔太が、大声で叫んだ。近くで消火活動を行っていたスタッフは、翔太の指示に従い、その場に消火器を放り投げて、転がるように逃げ始めた。

「大変です！」

宗一郎が待機するテントに、顔を煤《すす》だらけにしたスタッフが、駆け込んできた。

「撮影現場に……消防士役のエキストラが、1人倒れています」

「なんだと！」

「爆発音に驚いて、そのまま腰を抜かして、動けなくなって——」

それを聞き終わる前に、宗一郎は、勢いよくテントから飛び出していった。

現場に近づくと、そこには燃え上がる家のすぐ近くで、腰を抜かして動けなくなっている男の姿があった。駆け寄ろうとしたが、強風で火が近くの木や草にも燃え移り、あたりは炎に包まれ、近づくことすらできなかった。

「消防車を呼べ！」

宗一郎が叫ぶと、横で翔太が「間に合わない！」と大声を発した。

「ここから一番近い消防署でも、30分以上かかる」

この怒鳴り声で、宗一郎は、ハッと我に返った。翔太のパイロキネシスの瞬間を捉《とら》えることに夢中になりすぎてしまい、人の命に関わる大惨事を自分が引き起こしている事実に、ようやく気がついたのである。

取り返しのつかない状況であることを理解した宗一郎は、一心不乱で翔太の元に駆け寄った。そして、翔太の両肩を力強く摑《つか》んで、はち切れんばかりの大声で叫んだ。

「お前の力で、この火を全部消してくれ！」

翔太は大きな目をさらに見開いた。

「兄さん、なんのことだよ、俺、分からないよ」

「とぼけんなよ！」

宗一郎はそう叫ぶと、翔太の肩を大きく揺すった。

「お前、火を操れるんだろ、小さいころから、そうだったじゃないか。義父に火を点《つ》けたのも、ガスのないライターに火を点けたのも、雪の中で湿った木に火を点けたのも、お前が消防士という仕事を選んだのも、すべては――」

そこまで言うと、宗一郎は地べたにしゃがみこんで、弱々しく言葉を繋いだ。

「頼む。このままじゃ……死人が出ちまうよ……このとおりだ」

翔太は、しばらく目をつぶったあと、小さく深呼吸をした。そして、足元で跪《ひざまず》く宗一郎の肩を軽く叩いてから、燃え上がる火災現場に向かって、ゆっくりと歩き出した。

「翔太！」

宗一郎の呼びかけに、翔太は顔に笑みを浮かべて、それでいながら、悲しそうな目をして、静かに話しかけてきた。

「兄さんも、あの火が消えろと、一緒に祈ってくれ」

翔太は、両手を炎に向けて、今まで聞いたこともないような大声を発した——。

「この火薬の量であれだけの火災にはなりませんよ、ちゃんと、届出どおりにやってくださいよ」

消防士は、撮影スタッフから提出された資料を見ながら、ブツブツと文句を言った。宗一郎は「どうもすみません」と、何度も頭を下げた。

「それにしても、よくこれだけの火災を消すことができましたね」

消防士は、黒こげになった周囲を見回した。

「たまたま、風向きが良かったんです」

「風向きですか……」

消防士はチラリと、宗一郎を見た。疑っているような顔つきだったが、ウソだと断定する証拠も見つからないこともあり、消防士はそのまま資料を閉じて、宗一郎に手渡した。

「分かりました。まぁ、ケガ人も出なかったことだし、今回は、非常にラッキーだったということにしておきましょう。あとで消防署に来てもらう必要があるかもしれませんが、そのときはご連絡しますので、協力よろしくお願いします」

宗一郎は、もう一度「どうもすみません」と、深々と頭を下げた。

現場検証も終わり、ひと段落したころには、翔太の姿は見当たらなかった。

宗一郎も、今は翔太と顔を合わせづらい気がして、改めて後日、礼を言いに行こうと考えていた。そして何より、翔太を陥《おとしい》れようとしたことを、謝罪したかった。

翔太に対する嫉妬《しっと》心から、自分は取り返しのつかないことをしたのに、翔太はパイロキネシスの力で、火を消してくれた。たった1人の肉親である弟を、翔太世間から抹殺しようとした自分は、頭がおかしくなっていたのだ。

「果たして、許してくれるのだろうか」

まだ焦げた匂《にお》いが残る火災現場で、宗一郎は、天を仰いだ。


撮影機材が押し込まれたワゴン車の中で、藤巻は、何度もカメラの録画映像を再生させていた。

「……マジかよ」

身震いしながら、その映像を食い入るように、藤巻は見続けた。

男が炎に向かって両手を突き出すと、火が生き物のように渦を巻き、そのまま吹き飛ばされた。そして、手を差し出したところの火は次々に消えて、周囲に広がりつつあった炎は瞬《また》く間に消え、鎮火していった。

その一部始終が撮影された映像を見て、藤巻は「これは、凄《すご》すぎるぞ」と言って、カメラからSDカードを抜き取った。そして、鞄の中から自分のノートパソコンを取り出して、そのSDカードを差し込むと、その映像のダウンロードを開始した。

A THRIFTY MAN

第6章

老後にいくらの貯金があれば、安心できるのか

——若いときから貯金ばかりしても、人生は豊かにならない

& A SPENDTHRIFT MAN

横田宗一郎／67歳
横田翔太／63歳

宗一郎は、ハンカチで汗を拭《ぬぐ》いながら、急勾配《きゅうこうばい》の林道を1人で歩いていた。

「ふーっ、暑い」

9月だというのに、真夏のような暑さだった。長野県の標高の高い山間《やまあい》に来れば、もう少し涼しいと予想していたが、暑さは、東京とほとんど変わらなかった。しかも、この暑さは高齢の宗一郎にとって、非常にキツイ環境だった。

ふと林道の脇を見ると、小さな畑を耕す、初老の男の姿があった。

宗一郎が「すみません」と声をかけると、不審そうな顔つきで、こちらに歩み寄ってきた。

「この男性を、探しているんですが」

宗一郎は、胸ポケットから、1枚の年賀状を取り出して尋ねた。

「かなり古い写真ですね」

「すみません、これしか、持っていないんです。今は60歳を超えているので、もっと老けているはずなんですが」

男は、タオルで汗を拭《ふ》きながら、年賀状の写真を食い入るように見た。

あの火災事件以降、翔太の家族とは、音信不通になってしまっていた。そのため、宗一郎の手元に残っているのは、最後に年賀状をやり取りした、家族で写っている40代のときの写真しかなかった。

「このあたりに住んでいると思うんですが、心当たりはないでしょうか」

男は「うーん」と、再び汗をタオルで拭った。そして、もう一度、食い入るように年賀状を見ると、「ショウさんかな?」と、首をかしげながらつぶやいた。

「ご存知なんですか」

「この坂を、さらに上って行ったところに、丸太小屋がある。そこでキノコを栽培しているショウさんに似ているかな」

「ほ、本当ですか」

初老の男は、小さく頷いた。

「たぶん、これはショウさんだよ、この大きな目が、特徴的だから」

男は、年賀状に写った翔太の大きな目を、人差し指で突いた。

「ありがとうございます」

宗一郎は礼を言うと、再び汗を拭いながら、急勾配な林道を上り始めた――。

翔太の失踪、そして宗一郎の転機

翔太のパイロキネシスの能力を撮影した藤巻は、その日のうちに、ユーチューブに撮影動画をアップした。もし、これが電報堂の社員であれば、コンプライアンスのことも分かっているので、仕事で撮影した映像を許可なく公開するようなことはしなかっただろう。しかし、藤巻は学生のアルバイトだったので、そのような常識が欠落していた。純粋に「面白い映像が撮れたから、みんなに見せよう」という軽い気持ちで、映像をインターネットに公開してしまったのである。

その映像は、インターネット上で瞬《またた》く間に話題になり、すぐに宗一郎の耳にも入った。藤巻を叱り飛ばして、その夜には、その映像を削除させたが、すでにインターネット上で拡散されていた。3日後には、夕方のニュース番組で取り上げられてしまい、あっという間に、翔太のパイロキネシスの映像は、全国の人が知ることになった。顔や名前を、インターネットに晒《さら》されて、勤務先である新宿消防署やその上司の名前までもが、インターネットの掲示板に画像つきで書き込まれる事態に、発展してしまったのである。

宗一郎は、翔太に迷惑がかかっていると予想して、すぐに連絡を試みた。しかし、携帯電話や自宅の固定電話にもつながらず、翌日に千葉の自宅にも行ってみたが、その家には人が住んでいる気配が、まったくない状態だった。

それから1週間後、消防署で翔太の上司だったという棟方という男性から、宗一郎に連絡が入った。そこで初めて、翔太がテレビＣＭの撮影で火災事故が起きた翌日に、突然退職願を出して、消息を絶ってしまったという話を聞かされた。棟方は、翔太の居場所を知るために、兄である宗一郎と、すぐに連絡を取らなければと思っていた。しかし、「パイロキネシスの能力を使う消防士が、この消防署に配属されているのではないか？」という問い合わせが殺到して、連絡が10日もあとになってしまったのである。

宗一郎は、翔太の失踪《しっそう》の話を聞いて、雪永乳業の神前取締役の自殺のニュースが脳裏を過《よぎ》った。ただ、どのような顔をして、翔太に詫《わ》びればいいのか分からず、何も行動を起こせない日々を過ごしていた。パイロキネシスの能力の映像が公開されたことで、最初から翔太を狙《ねら》ってカメラを回していたことに、本人は気付いてしまっただろう。これを見た翔太は、きっと、宗一郎に騙《だま》されたと恨《うら》んでいるはずだ。

そして、この騒動で、翔太は職場も、自宅も、家族もすべてを失うことになった。この事実のすべての原因を意図的に作ったのは自分であり、それは、土下座して謝っても許されるものではなかった。

撮影現場の火災事故から、２ヶ月後――。アセンの藤野取締役から、連絡があった。

「キミの会社とは、もうこれ以上、付き合えないことになった」

その言葉を聞いて、宗一郎は、愕然《がくぜん》とした。火災事故の直後は、「気にするな」と励ましてくれていた藤野取締役だったが、ここにきて態度が急変したのである。

「撮影現場の不祥事は、本当に、謝ります」

宗一郎は、何度も謝罪の言葉を口にした。しかし、藤野取締役は、「許す、許さないという問題じゃないんだよ」と、耳を貸そうとはしなかった。

「最近、うちの会社で、コンプライアンス、コンプライアンスって、連呼するやつらがいてね。そいつらが、今回のことに目を付けたんだよ」

「でも、コンプライアンスって、法令遵守《じゅんしゅ》ってことですよね。別に、私は罪を犯した訳じゃないですよ」

「あのね、コンプライアンスっていうのは、法令遵守ではなく、『法律を破りそうなやつとは、付き合うな』という意味なんだよ」

藤野取締役は、急に厳しい口調で話し始めた。宗一郎としては、20年以上も付き合ってきたのに、たった一回の不祥事で、契約を打ち切られてしまう訳にはいかなかった。

「もう長年の付き合いじゃないですか。僕が、法律を破りそうな人間に見えますか？」

「いや、キミ自身が問題だと言っている訳じゃないんだよ。それに、今までの仕事に対しても十分、感謝している。だけどな、うちの会社の取締役会で、電報堂とは付き合わないと、もう決まってしまったんだ。駄々をこねても、無理なものは、無理だ」

「そうですか……分かりました。では、これからはビジネスという関係を抜きにして、個人的に飲みに行きましょう」

藤野取締役は「個人的に？」と、聞き返してきた。

「そうです、個人的だったら、よろしいですよね？　銀座に飲みに行ったり、ゴルフに行ったり。もちろん、支払いは全部、僕が持ちますし、仕事が欲しいとも頼みません。あっ、今晩とか、どうですか？」

「ああ……いや、ちょっと、今日は、忙しいな」

「じゃ、明日とか、明後日《あさって》とかは？」

宗一郎の必死の問いかけに、藤野取締役は「うーん」と、電話口で唸《うな》ったあと、「これは、言いづらいことなんだが——」と、重い口調で言葉を繋いだ。

「あのインターネットに公開された、火災現場の映像。あそこで話題になっているパイロキネシスの能力の男って、キミの弟じゃないのかね」

宗一郎は、全身の毛穴から、汗が噴き出すような感覚を覚えた。

「以前、飲みに行ったときに、弟が新宿消防署で消防士をやっていると教えてくれただろ。インターネットで調べてみると苗字が同じじゃないか。あれはキミの弟じゃないのか」

宗一郎は、藤野取締役のこの発言で、すべてを悟った。藤野取締役は、うちの会社との取引を断りたいのではなく、自分と付き合うのが怖くなったのだ。

インターネットで『放火魔』や『魔術師』と騒がれている男の実の兄であり、それを知っていながら付き合っていることが発覚したら、巻きこまれてしまうかもしれない。そのリスクを回避するために、宗一郎との縁を切りたいのだ。20年以上も親しくしていたのに、こんなにあっさり関係を断ち切られてしまうことに、宗一郎は、大きなショックを受けた。藤野取締役とは、〝義兄弟の契《ちぎ》り〟として、血の繋がった兄弟以上の深い関係になったと思っていたが、そのような契りは、いとも簡単に破られてしまったのだ。

電話を切ったあと、宗一郎は、譬《たと》えようのない喪失感に襲われていた。今まで、家族と過ごす時間や睡眠の時間を削ってまで築いてきた自分の人脈が、いかに浅いものであったのか、ここに来て、ようやく気づかされた。相手が困ったときに、手を差し伸べて助けるどころか、近づかないようにして切り捨てる、虚構の人脈でしかなかったのである。

宗一郎は、今まで身を粉《こ》にして働いてきた仕事が、一体なんだったのか分からなくなってしまった。時間が経《た》つにつれて、広告代理店の仕事そのものに虚無感を覚えるようになり、仕事に対する熱意が、一気に減退していった。

そして、それに追い打ちをかけるように、宗一郎は出世コースから外されることになった。アセンとの契約が打ち切られたことに加えて、撮影現場の大火災の責任もあり、テレビCMの営業部長から、屋外広告の事業部の部長に異動を命じられてしまったのである。

広告代理店の花形部署はテレビCMの営業部であり、ビルの屋上の看板やロードサイドの看板を取り扱う屋外広告の事業部には、古くさい広告媒体ということで、予算も人材も、何もなかった。今までずっと売上を上げることで、貢献してきたと思っていた会社にも裏切られた気がして、退職願いを出そうかと、何日も悩み続けた。

「会社にとって、もう自分は必要のない人間なのか」

そんな思いで塞《ふさ》ぎ込んでいた宗一郎は、ふと義父のことを思い出した。本当の父親かもしれない義父の墓参りに行けば、会社のことや翔太のことも、少しは忘れられるかもしれない。宗一郎は、老人ホームに勤めていた徳山から、遺骨を引き取ったという義父の弟の住所を聞き出して、墓参りに行くことにした。

事前に連絡していたので、墓参りには、義父の弟も付き添ってくれた。

「わざわざ、来てくれて、ありがとう。兄も喜んでいるよ」

義父の弟である横田康太郎《こうたろう》は、義父とは正反対の大人しい性格の男だった。墓参りに来た宗一郎に丁寧に礼を言い、自宅にまで呼んでくれて、仏壇に線香まであげさせてくれた。

「生前、兄は、君たち兄弟に悪いことをしたと、ずっと後悔していたよ」

横田康太郎は、申し訳なさそうな口調で、ポツポツと語り始めた。

「火事のあとは、本当に人が変わったように、大人しくなってね。ずっと君たち兄弟に、会いたがっていたんだ」

宗一郎は思い切って、自分が抱き続けた疑問を口にした。

「義父は、私たちの本当の父親だったのではないでしょうか？」

横田康太郎は「は？」と間の抜けた声を上げると、顔の前で手を振りながら、「そんな訳ないだろ」と、言葉を繋いだ。

「君たち兄弟は、間違いなく、お母さんの連れ子だよ。うちの兄とは、血が繋がっていない」

「でも、弟と義父は、特徴的な大きな目が、そっくりじゃないですか」

食い下がる宗一郎に、横田康太郎は、「それは偶然だよ」と、話を続けた。

「私は、兄と君たちの母親の結婚式にも、出席したんだよ。そこで、君たちの母親側の祖父にあたる人物とも、顔を合わせた。その人の目がとても大きくてね。乳飲み子だった君の弟と、目がそっくりだったよ」

宗一郎は、胸元が締め付けられるような苦しさを味わった。義父は、自分たちとは血も繋がっておらず、赤の他人だったのである。

ではなぜ、義父は、他人である自分たち兄弟に、そこまで会いたがっていたのだろうか。

宗一郎が尋ねようとしたとき、横田康太郎のほうが先に口を開いた。

「さっきも言ったが、兄は、ずっと君たち兄弟に会いたがっていたんだよ。もちろん、血の繋がらない親子だということも、百も承知だった。だが、兄にとっては、君たち兄弟は、やっぱり大切な家族だったんだよ」

「でも……あの人は、毎日のように、僕たち兄弟を苛《いじ》め抜いていました」

宗一郎は抑えていた悲痛な思い出を口にした。横田康太郎も覚悟していたのか、目をつぶって話を聞き続けた。

「本当に、毎日のように、竹刀《しない》で叩かれ、庭に裸で放り出されて、酒を飲んで笑いながら、何度も殴《なぐ》られて、蹴《け》られて……それなのに、なぜ、あの人は、僕たち兄弟に会いたいと願ったんでしょうか」

知らぬ間に、宗一郎の目からは、涙がボロボロとこぼれ落ちていた。横田康太郎は、ポケットにあったハンカチを差し出すと、静かな口調で話し始めた。

「兄は、気づくのが、遅すぎたんだよ」

「遅すぎた？」

「血が繋がらない家族でも、それが心の支えになっていたことに、気づくのが遅すぎたんだ。兄は、自分のところから、妻も子どもたちもいなくなり、自分の身体の自由が利《き》かなくなって、ようやく人との繋《つな》がりの大切さに気づいたんだよ」

宗一郎は、先輩だった浜崎の「ヘイ、ブラザー」という言葉を思い出した。浜崎は、自分だけが、金銭感覚が麻痺《まひ》していくのが怖くて、血も繋がっていない宗一郎のことを〝兄弟〟と呼び、強い絆《きずな》を結ぼうと必死だった。また、藤野取締役が義兄弟の契りを結ぼうとしたのも、厳しい出世競争の中で、孤独から逃れるために出てきた発言だったのかもしれない。

結局、人間は1人で生きていけるほど、強くはないのだ。だから、血が繋がらない関係であるほど、親子や兄弟以上に、強い繋がりを求めてしまうのではないか。それは義父も、同じだったということなのだろう。とすれば、僕たち兄弟に死ぬまで会うどころか、声も聞けず、手紙のやり取りもできなかった、義父の人生は寂しく、悲しいものだと思えて仕方がなかった。

「血が繋がった本当の親子だったら、私も、もっと早く義父のことを許すことができたかもしれない」

横田康太郎は、仏壇に向かって、言葉を発した。

「いや、その言葉だけで、きっと兄は、あの世で十分、喜んでいると思いますよ。だって、兄のことを許してくれたって、ことですよね」

宗一郎は嗚咽《おえつ》をもらしながら、大粒の涙を流して、その場で泣き崩れた。


義父の墓参りを終えた宗一郎は、帰りの電車の中で、今後の身の振り方について考えていた。

これから、自分は出世コースから外れて、責任を取らされる形で、屋外広告の事業部に回される。今後、出世コースに戻ることは、おそらくないだろう。

そして、翔太のことを探し出して謝ることも、すぐには難しい状況だ。居場所は分からないし、分かったとしても、自分が弟にした仕打ちは、謝って許されるものではない。まさに、仕事もプライベートも、両方、どん底の状態と考えていだろう。

それでも、こうして冷静に考えると、今、自分の置かれている状況が、さほど深刻な状態ではないという思いも生まれ始めていた。その昔、もっともっと、どん底の状況があったような——その記憶を辿《たど》っていくうちに、宗一郎は、自分が入社3年目のときに、借金の返済に追われているつらい時期のことを思い出した。

あのころのほうが、もっと絶望的な状況だった。クレジットカードと消費者金融の返済に追われて、昼飯も抜き、毎日のように水道水を飲み、給料日前の銀行の口座残高を見ると、胃が痛くなる日々。一方、今の銀行の口座を見ると、会社からの給料は2倍になっていて、借金も東京ABC銀行の「おまとめローン」しかなく、その元本も着実に返済して減ってきている。プライベートだって、お金の使い方には問題はあるが、気の合う妻の美鈴はいるし、可愛い娘の瑠理香だっている。何もなかったあのときと、今はまったく違うじゃないか。

宗一郎は、その瞬間、会社のお金を横領して、去っていった浜崎の言葉を思い出した。

切り替えろよ——。

浜崎は、違法なことに手を染めて、会社をクビになった。でも、宗一郎にとっては、勝手な思い込みを切り替えることで、苦難を乗り越えていく術《すべ》を教えてくれた、よき先輩でもあった。宗一郎は、もう一度、自分の心の中で「切り替えるんだ」とつぶやいた。

今回、藤野取締役は、自分の身を守ることだけを考えて、あっけなく縁を切ってきた。しかし、この事件がなかったとしても、永遠に、うちの会社に仕事を発注してくれただろうか。もしかしたら、藤野取締役の子どもが、別の大手広告代理店に就職したことで、うちの会社との取引は中止していたかもしれない。また、藤野取締役本人が不祥事を起こして、自分のほうから、付き合いをやめていたかもしれない。

相手の事情が変われば、ビジネスでの付き合い方も変わって当然なのだ。とすれば、永遠に同じ関係を続けていくことは、ビジネスを行う上で、そもそも不可能なはずだ。いつかは解消される関係が、たまたま、今回の件が引き金になったと考えればいいだけではないだろうか。

そして、これからの時代は、インターネットよりも、アナログな屋外看板という広告に、大きなチャンスがあるのではないかと改めて思った。今はインターネットの消費者と、リアルビジネスの消費者との境目がなくなってきているオムニチャネルの時代である。インターネット上からアクセスを集めるだけではなく、屋外広告を上手に利用して、ホームページやスマホのサイトにアクセスを増やす方法が、販促手法として改めて見直される可能性は十分にある。

宗一郎は、今までの後ろ向きな考え方を、前向きな考え方に切り替えたことで、もう一度、この会社でがんばってみようと決意した。そして、翔太のことも、もう振り返っても仕方がないと割り切り、「今は仕事に打ち込むんだ」と、無理やり、翔太のことをすべて頭の中から消すことにした。

屋外広告の事業部に異動した宗一郎は、まず、バーチャルリアリティの事業を立ち上げて、新しい広告サービスを企画していった。看板にスマホをかざすと、そこに立体的な仮装空間が映し出されて、そこから企業のホームページに誘導するという販促手法をさらに進化させていった。

これに付随する新しいサービスも次々と考え出していったが、もちろん、すべてのサービスが成功するはずがないことも、重々承知していた。そこで、儲《もう》からない仕事を続けようとする部下を見つけては、「失敗したと思ったら、気持ちを切り替えて、すぐに撤退しろよ。また、新しいサービスを提案すればいい」と、言い続けた。

このスピード戦略によって、屋外広告の事業部は、少ない予算を儲かるサービスに集中させることができた。そして、宗一郎がテレビCMの営業部に所属していたときのクライアントにプレゼンを行い、新しい仕事を次々に獲得していった。気がつけば、〝バーチャルリアリティの広告なら電報堂〟と呼ばれるまでに、事業を拡大させることに成功した。

オムニチャネル化が浸透していく波に乗って、屋外広告の事業部のバーチャルリアリティの広告は、急激に売上を伸ばしていった。その実績が認められて、宗一郎は一気に昇進して、史上最年少で、取締役に就《つ》くことができた。社内では、「このまま、社長の座を射止めるか」とまで噂《うわさ》される存在になったが、あと一歩のところで、テレビCMの事業部の取締役との派閥争いに負けてしまい、そのまま65歳で定年を迎えることになった。

宗一郎は、会社を退職するときに、5000万円の退職金を受け取った。働いているときに給料が高かったことで、払っていた社会保険料も高く、厚生年金は月額25万円をもらえることになっていた。ただ、千代田区の高層マンションが社宅ではなくなったことで、その家賃を全額個人で払うことになった。このマンションも古くなったことで、家賃も下がっていて、ちょうど月額25万円になっていた。つまり、厚生年金は、すべて家賃に消えてしまうような状態になっていた。

東京ABC銀行の『おまとめローン』は、かなり前に完済していて、借金はなかった。それでも、高級外車を買い換えたり、毎年のように、家族で海外旅行に行っていたりしたので、退職金が入ってくるまでの銀行の口座残高は、ほぼゼロの状態だった。そのため、退職金を取り崩して、生活費に充《あ》てていく状態が続くことになった。

さすがの宗一郎も、このままでは、早い時期に退職金が尽きてしまうと不安になり、家賃の安い郊外のマンションに引っ越そうと探していた。そんなある日、妻の美鈴から、ひとつの提案を受けた。

「いろいろ見たけど、日本の郊外のマンションに住みたいとは思えないわ。いっそのこと、グアムに家を買うことにしない？」

グアムは年中暖かく、美鈴の友達が住んでいたので、何度か遊びに行くうちに、宗一郎も気に入るリゾート地のひとつになっていた。定年までお金を使いまくり、ずっと接待漬けだったことで、もう欲しいモノも、食べてみたいモノも、何もなかった。そのため、「老後はのんびり、海外で暮らすのもいいか」という結論に行き着くまで、そう時間はかからなかった。

宗一郎は、美鈴の提案に乗り、退職金の4000万円をあてて、グアムにプール付きのコンドミニアムを購入することにした。そして、残りのお金は、日本に行ったり来たりする旅費や、万が一、病気になったときのためのお金として、貯金しておくことにした。毎月の生活費は、月額25万円の年金があれば十分だった。

しかし、ただ、何もせず、グアムでボーっとしていると、翔太と過ごした昔の生活が勝手に頭の中に思い浮かぶようになっていた。

子どものときに、義父の虐待から翔太を庇《かば》ったこと、児童養護施設で、翔太と協力して、いじめっ子をやっつけたこと、ボロアパートで、翔太の節約料理を食べたこと、自分の就職が決まってお祝いをしてくれたこと……気が付けば、頭の中は翔太のことで一杯になっていた。

翔太の家族は、一体、今どこで、どのような生活をしているのか？

パイロキネシスの能力を持っていることが世間に知られて、インターネットで顔と名前が晒《さら》されてしまい、翔太は、転職することができたのか？

結花は、陽菜ちゃんは、どんなに肩身の狭い思いで、暮らしてきたのか？

つらい老後を送っているのでは、ないか？

俺を、死ぬほど恨んでいるのではないか？

宗一郎は、自責の念に耐えられなくなり、日本に帰国して、翔太を探すことにした。まずは興信所を回ってみたが、個人情報保護法の壁もあり、ちょっとした情報さえ摑《つか》むことができなかった。それでも、宗一郎は諦《あきら》めることができず、自分の力で翔太を探すことにした。

それから1年がかりで、「長野県の山間部で、自給自足の生活をしているらしい」という情報を摑み、22年ぶりに会いにきたのである——。

兄弟、それぞれの気持ち

細い林道を抜けると、そこには小さな丸太小屋が建っていた。近くにはトタン屋根のハウスがあり、入り口のところから、栽培しているキノコの原木が見えた。

宗一郎は、玄関のドアをノックしようとした。

しかし、すんでのところで、手が止まってしまった。どのように謝ればいいのか。会ったとたん、殴られるかもしれない。そのことを考えると、足の震えが止まらなくなった。

「兄さん？」

うしろから声をかけられて、慌てて振り向くと、そこには年老いた翔太の姿があった。以前よりも頬《ほお》は痩《や》せこけて、顔の皺《しわ》や白髪によって、風貌《ふうぼう》は大きく変わっていた。それでも、特徴的な大きな目だけは、小さいころと、まったく同じだった。

「兄さん、だよね？」

もう一度、翔太が尋ねてきた。その顔には、怒りよりも嬉しさのほうが、大きく表われていた。緊張の糸が切れたのか、宗一郎は「翔太か！」と大声で叫ぶと、駆け寄っていった。

「どうして、ここに住んでいるって、分かったんだ？」

「お前の友達や同僚を訪ねて回ったり、インターネットで情報を掻《か》き集めたりして、ようやく辿り着いたんだよ」

「そこまでして……わざわざ、探してくれたのかい」

「当たり前だろ。たった1人の弟を探さない兄が、どこにいる」

翔太の顔が、一気にほころんだ。

「立ち話もなんだから、中に入ろう。美味《おい》しいコーヒーでも淹《い》れるよ」

小屋の中に入ると、最初に目についたのは、小さな薪《まき》ストーブだった。

「これ、使えるのか？」

宗一郎が尋ねると、翔太はコーヒーを淹れながら「当たり前だよ。俺が作ったんだからね」と、自慢げに答えた。

「それだけじゃないぞ。この小屋も、テーブルも、イスも、外にある犬小屋だって、全部、俺が作ったんだ」

宗一郎は、小屋の中を見回した。これを1人で作り上げるのは、よほど大変な作業だったに違いない。それと同時に、翔太の生活そのものが大変だということも、その言葉から感じ取れた。

「兄さんの奥さん、ええっと、美鈴さんは、元気かい?」

翔太は、テーブルにコーヒーを置くと、尋ねてきた。

「ああ、元気だよ。今、グアムで暮らしてる」

「へー、海外移住か。いいねぇ」

翔太の発言には、嫌みな感情は、一切含まれていなかった。純粋に、海外で暮らすことが羨《うらや》ましいという口ぶりだった。

「娘の瑠理香ちゃんは?」

「大学を卒業したあと、外資系の商社に勤めて、そのまま職場結婚だよ。今は、カナダで暮らしている」

「みんな、元気そうで、良かった」

翔太はニコリと笑うと、コーヒーの入ったマグカップに、口を寄せた。

「お前の家族は、どうなんだ?」

「えっ」

「結花さんは、どうした？」

翔太は「あぁ、町にキノコを売りに行っているよ」と、ポツリと言った。

「元気だよ」と付け加えると、再びコーヒーを口にした。

「陽菜ちゃんは？」

「陽菜は、残念ながら、まだ独身だ。独創的な子でね。今は山梨のジュエリー会社で、デザインの仕事をしているよ」

宗一郎は、意外そうな顔をして「ジュエリーのデザインかぁ」と、静かに言葉を繋いだ。

「子どものころから英語ができたから、てっきり、海外でバリバリ仕事をしていると予想してたんだけどな」

翔太は、「俺のせいで、才能をダメにしたんだ」と、悲しそうな表情を浮かべた。

「俺のせいって……まさか、陽菜ちゃんは、大学に行けるお金がなかったのか？」

「それは、大丈夫だ。結花の父親に頼みに行ったら、教育資金として１０００万円をくれたんだ」

「自宅を買ったときにくれた1000万円に、プラスしてか？」

「結花の父親としては、その1000万円の貯金は、老後のために取っておいたんだって。でも、かなり高齢になると、使い道なんて、なくなっちゃうんだよ。そこで、孫の教育資金なら贈与税がかからない特例があるって説明したら、喜んで出してくれたんだ」

宗一郎は「だったら、お金には困らなかった――」と言いかけたところで、翔太が話を挟んできた。

「その贈与されたお金は、教育資金として使わないといけないから、陽菜が高校生のときの塾のお金、そして、大学の入学金や授業料で使った。でも……そのとき、俺には分かったことがあったんだ」

「分かったこと？」

宗一郎が眉《まゆ》をひそめて、聞き返した。

「陽菜は、子どものころから、英語にも、バスケットにも、ピアノにも才能があった。でも、俺はその才能があることに対して、喜んでいただけなんだ」

「親だったら、喜んで、当然だろ」

「いや、喜ぶだけじゃ、ダメだったんだ。親ならその才能を伸ばすために、ちゃんとお金をかけてあげなければいけなかった」

翔太は、悔《くや》しそうに唇を噛《か》んだ。

「でも、陽菜ちゃんは、学校の勉強もよくできたんだろ」

「ああ。そこでも、周りの友達はみんな、小学校のときから、お金をかけて学習塾に通っていたり、本も大量に買ってもらったりしていた。それに対して、俺は教育にお金をかけず、学校の勉強だけをやらせていたことで、陽菜の勉強の才能も本当の意味で開花させることができなかったんだ」

翔太は、さらに重い口調で言葉を繋いだ。

「高校のときに、陽菜を初めて塾に行かせたんだが、そこから、ドンドン成績が伸びていった。そのときに、俺は初めて気がついたんだ。もし中学のとき、いや小学校のときから、ちゃんとお金をかけて教育していれば、もっともっと陽菜はいい大学に行けたんじゃないかってね」

翔太は、コーヒーの入ったマグカップを両手で握りながら、そのまま俯《うつむ》いてしまった。

「でも、陽菜ちゃんは、好きな仕事に就けているんだろ？」

「いや、少しでも偏差値の高い大学に行っていれば、もっと違う仕事を見つけるチャンスがあったかもしれない。親の視野が狭かったせいで、そのチャンスをつぶしてしまったことは、今でも後悔している」

宗一郎は、のどに小骨が引っかかるような違和感を覚えた。しばらく考えたあと、思い切って、その言葉を口にした。

「お前……高校を卒業するときに、俺に主張した意見と、真逆《まぎやく》になってるぞ」

「え、そうかな？」

「そうだよ。昔は、一流の大学以外、行っても意味がないって」

「あー、確かに、言った記憶があるなぁ」

翔太は、恥ずかしそうに頭を掻いた。

「あのころは、本当に一流の大学以外、行っても意味がないと思い込んでいたんだよ。でも、少しでもいい大学を出れば、それだけ選べる仕事の幅が広がるんだって、陽菜の就職活動を見て、痛感したんだ。だから、一流の大学に行けなくても、二流でも、三流でも諦めずに、勉強はがんばってやるべきなんだよ」

「でも、それで選んだ仕事が、天職かどうかは分からないじゃないか。お前だって、大学に行かなかったけど、消防士という仕事に巡り合えただろ」

「そうだな。働き始めたときは、消防士で一生を終えるんだと思ってたんだよな」

翔太は、ため息交じりで、重い言葉を吐き出した。

「まさか、自分が長野県の山奥で丸太小屋に住んで、キノコを育て、町に売りに行くような生活をするとは、想像もしていなかったよ」

宗一郎は、胸をえぐられるような、強烈な痛みを感じた。翔太がこんな生活をする羽目になってしまったのも、すべては自分に責任があった。

宗一郎は、罪悪感でいっぱいになり、「スマン！」と大声で叫んで、床にひれ伏した。

「本当に、本当に、スマン！」

宗一郎は、おでこを床にこすりつけながら、這《は》いつくばって、土下座をした。

「お前を……お前を、こんな生活に追い込んだのは、全部、俺のせいなんだ。わざと一軒家を爆発させる企画を作り、そこにお前を呼び寄せて、大きな火災を起こして、パイロキネシスの能力を使わせた」

「パイロキネシス？」

その言葉に、翔太が反応した。

「なんだよ、そのパイロキネシスって」

「火を操って、自然発火させたり、消したりする力だよ」

「あぁ、これか」

翔太は、無表情のまま両手を前に突き出した。そして、目の前で土下座をする宗一郎を見ると、ゆっくりと顔の前に両手を持って行った。

「そうだな。服に火を点《つ》けるっていうのは、どうかな？」

「えっ？　服？」

宗一郎の顔から、血の気が引いていった。

「今、ここで兄さんの服に火を点けたって、目撃者は俺しかいない。〝薪ストーブの火が燃え移った〟と説明すれば、理由としてもおかしくない。反射神経の鈍い老人なら、よくある事故として処理されるだろ」

翔太は、土下座する宗一郎と同じ目線の高さになるように、しゃがみ込んだ。そして、大きな目を見開いて、ニヤリと笑った。

宗一郎は、翔太の凝視に耐えられなくなり、俯いてしまった。償《つぐな》いきれないぐらいのつらい経験を翔太に味わわせてしまったのだ。唯一の身内である兄に裏切られた翔太の心中を察すると、焼き殺されても仕方がない。宗一郎は死を覚悟して、震える手をゆっくりと合わせて、目をつぶった。

少し間があったあと、その場に聞こえてきたのは、笑いをこらえる翔太の声だった。

「くっくくくっ、兄さん、冗談だよ、冗談。顔を上げろよ」

目を開けると、口元を押さえて笑っている翔太の姿があった。呆然《ぼうぜん》とする宗一郎に対して、翔太は、ゆっくりと口を開いた。

「兄さん、あの不思議な力はね、俺1人じゃ発揮できないんだよ」

宗一郎は、「どういうことだ？」と翔太に聞き返した。翔太は「実際に、見せたほうが分かりやすいかな」と、薪ストーブの扉を開けて、近くに転がっていた薪《たきぎ》を放り込んだ。

「今、この薪には火が点いていない。しかも、俺がこうやって手をかざしても、やっぱり火は点かない」

翔太は、薪の前に両手を突き出した。

「兄さん、どうすれば、この薪に火が点くと思う？」

「……強く、念じればいいんじゃないか？」

「そう、強く念じるんだよ。ただ、念じるのは、俺だけじゃ、ダメなんだ」

翔太は、ゆっくりと宗一郎のことを指さした。

「兄さんも、一緒に念じなければ、火は点かないんだ」

それを聞いて、宗一郎の心臓の鼓動が大きく跳《は》ね上がった。

「試しに、この薪に火が点いて欲しいと、強く念じてみてよ」

宗一郎は、薪をじっと見て、心の中で〝火が点け〟と一心に願った。すると、小さな薪に小さな火が点き、あっという間に薪ストーブの中が、オレンジ色の炎でいっぱいになった。

呆然とする宗一郎をよそに、翔太は慌てることなく、その薪に水をかけた。

「久しぶりに使ったけど、まだ、この力は健在だね」と、丸太小屋の窓を開けた。

「……どういうことなんだよ」

まるで他人事のような淡々とした口調で、翔太は話し始めた。

「兄さんの予想どおり、俺は小さいころ、自分に火を操る不思議な力が宿っていることに気が付いた。そのきっかけは……義父の家を火事にしたときだった」

翔太は、床にしゃがみ込んでいる宗一郎の前に座った。

「だけど、そのあと、何度も自分で火を操ろうと試してみたけど、一度も成功しなかった。あのときみたいな力を、どうやったら発揮できるのか、ずっと考えていたんだ。そしたら――高校三年生のとき、兄さんのガスのないライターに火を点けて、やっと分かった。これは、俺1人の力ではなく、兄さんの協力があって、初めて発揮できる能力なんだってね」

「じゃあ、結花と遭難したときに、湿った木の枝に火を点けたのも――」

「兄さんが〝火が点け〟と、一心に願ったからだよ。そして、テレビCMの撮影の現場で大火災が起きたときも、兄さんが〝火が消えてくれ〟と、一心に祈ったから、俺は消すことができたんだ」

「でも、一体なぜ――」

宗一郎が言いかけたところで、翔太は「そんな、難しいことじゃないんだよ」と、言葉を繋いだ。

「俺なりに、いろいろ調べてみたんだ。そしたら、人間の力だけで自然発火させるためには、身体に大きな静電気を帯電させる力が必要だと分かった。でも多分、俺1人で帯電させる静電気では、火を点けたり、消したりする量まで達しないんだ。だけど、兄さんがそばにいて、自分の思いと一致したときだけ、火が点くとなると――兄さんはもしかしたら、俺にとってのブースターのような役割をしているんじゃないかな」

「ブースター？」

「俺が、静電気を電磁波として飛ばすときに、兄さんの想いを通すと、その量が増幅されて、火を点けたり、消したりすることができるようになる――俺は、そう考えた。だから、俺にとって、火は自分の家族みたいなもんなんだよ。おかげで、消防士になっても、火を怖がることなく、現場に踏み込むことができたんだ」

宗一郎は、スッと腹の底に何かが落ちるような感覚を覚えた。今まで起きた翔太のパイロキネシスの現象は、すべて宗一郎と一緒のときに発生していた。そして、そのたびに、自分も火に対して強く、同じ願いを込めていた。

その事情が分かると、なおさら、翔太の人生を狂わせた自分の行為に、宗一郎は強い罪悪感を覚えて、仕方がなかった。

「本当に、スマン。あんなことさえしなければ、お前の人生は、順調だったのになな」

宗一郎が消え入るような声で言うと、翔太は「気にしないでくれよ」と、穏やかな口調で言葉を返した。

「あのパイロキネシスの能力の映像が、インターネット上に公開されたときには、俺の人生は終わったと観念した。そして、家族に迷惑がかかる前に、俺は自分の過去を捨てて、この田舎に逃げ込んだんだ」

「千葉の家は、売れたのか？」

翔太は「まぁ、売れたよ、売れたんだけどね」と、言葉を繋いだ。

「兄さんに指摘されたとおり、駅から遠いことが原因で、買いたいという人がまったく現れなくてさ。１年後に、頼んでおいた不動産会社から電話があって、『俺が希望した売値から50％値引きすれば、買いたい人がいる』と告げられたんだ。インターネットで調べると、その千葉の土地の価格は毎年下落していることが分かって、ここで売らないと、もっと下がると不安になって、その値段で売ることを決断したよ。結局、銀行の住宅ローンを返済すると、手元に残ったお金は５００万円にしかならなかった。頭金としてがんばって貯めた１０００万円と、結花の父親からもらった１０００万円の合計２０００万円が、たったの５００万円になっちまったんだ。つまり、１５００万円も損をしたことになる」

宗一郎は、また胸が痛くなった。自分が指摘したとおりになったとはいえ、貯金が好きな翔太が、1500万円も損をしたことは、死にたくなるぐらいつらい出来事だったに違いない。その原因を作ったのはすべて自分であり、俯いて黙るしかなかった。そんな宗一郎の気持ちをよそに、翔太はその横で、淡々と話を続けた。

「この田舎に来て2年間は、賃貸で住んでいたんだけど、家を売って残った500万円で、俺はこの丸太小屋を買ったんだ。土地が200万円して、残りの300万円で建物の躯体《くたい》を作ってもらったんだよ。あとは、キッチン、トイレ、お風呂の設備までは買えたんだけど、それ以外の間仕切りなんかは、俺が少しずつ付け足して、今、こんな感じに仕上がっている」

翔太は、家の中を見渡しながら、穏やかな顔をして話を続けた。

「これはこれで、俺は満足なんだ。最初は、気持ちも生活もどん底だったけど、田舎の生活は、俺が想像していたものよりも、はるかによかった」

翔太は「来てごらん」と言って、手招きをした。そして、開いた窓から、宗一郎に庭を見せてくれた。

「あの畑を借りて、自分たちが食べる分の野菜を作っているんだ。その横にある小さな小屋では、キノコを育てて、それを町に売りに行って、そのお金で生活必需品を買っているんだ。まさに、自給自足の生活だろ。幸いにして、俺も結花も贅沢《ぜいたく》をしないし、そもそもできない体質だからね」

翔太は、大きな目で庭をじっと見ながら、ぽつりとつぶやいた。

「ここでの生活は、千葉で一戸建ての家に住んで、消防士として働いていたときよりも、ずっと多くの幸せを感じられるんだ」

翔太の健気《けなげ》な言葉を聞いて、宗一郎は抑えていた気持ちが止められなくなり、目から涙をこぼしながら、話し始めた。

「だけど……だけど、俺は、翔太に対して、とても許されないような言葉を浴びせてしまった。『貯金ばかりして、何が楽しいのか』って、お前の生き方そのものを、全否定したんだ」

宗一郎は、大声で続けた。

「本当は、翔太のことが、ずっと羨ましくて仕方がなかったんだよ。お金を無駄遣いせずに、将来の計画をちゃんと立てて、貯金する姿が妬《ねた》ましかったんだ。それに比べて、俺は兄なのに、金に無頓着《むとんちゃく》で、見栄っ張りで、無駄なことに散財して……まったく貯金もできずに、ずっと借金に追われる人生を過ごしてきたんだ。お前に言われたとおり、俺は、遊び続けてきたキリギリスだったんだよ」

宗一郎が泣き叫ぶと、翔太は冷静な口調で「キリギリスでいいじゃないの」と、乾いた声で笑い出した。

「えっ？」

「兄さんは、キリギリスで良かったんだよ。アリでいることは、ぜんぜん幸せじゃなかったんだ」

翔太は、深呼吸をしてから、穏やかな口調で話し始めた。

「こうやって、自由な生活をして、初めて分かったことがあったんだ。それは、20代のころから貯金ばかりしていたのは、一戸建てを買ったり、老後のためだったり、そんな理由で、お金を貯めてた訳じゃないってことなんだ」

「どういうことだ？　お前、将来のために、お金を貯めてたんじゃないのか？」

「俺はただ、臆病《おくびょう》で、お金を貯めてないと不安な気持ちを抑えきれない気の弱い人間だったんだよ。通帳にお金が貯まり出すと、その数字が増えていくのを見て安心して、それがいつの間にか、人生の趣味になってしまっていたんだ。でも、お金を貯めることに執着すると、人付き合いは悪くなるし、いつも、お金を使わずに過ごせる方法ばかりを探してしまう。そして、気がつけば、友達もいなくなり、落ちているお金を探して、ずっと下を向いて生活する、セコイ人間になってしまっていたんだ」

「それでも、『一戸建てを買うのが目標だ』と言ってたときの翔太の目は、キラキラしていて、羨ましかったぞ」

翔太は恥ずかしそうに、自分の頭を掻いた。

「確かに、あのときの一瞬だけは、希望に満ち溢《あふ》れていたかもしれないね。だけど、20代から、老後のためにお金を貯め続けてきたことを思い出してみると、ちっとも面白くなかったことに気づいたんだよ」

「おいおい、それでも、貯金は好きなんだろ？」

「うーん、そんなに、好きじゃなかったかもな」

翔太の意外な回答に、宗一郎は言葉を失った。

「だって、20代で家族も持っていないし、老人になってもいないのに、それに向かってお金を貯めろって言われても、イメージがまったく湧《わ》かないだろ。きっと俺は、お金を好きになって、お金に嫌われないために、ずっと心を削りながら生きてきただけなんだよ。もし、あのまま消防士を続けていたら、俺はまったくイメージできていない未来に向かって、お金に振り回され続ける毎日を送っていたんだ」

翔太は、外を眺めながら、もう一度大きな深呼吸をした。

「俺はこの田舎に住んだことで、貯金ばかりしてたことが間違いだと気付いたんだよ。お金なんてなくても、自給自足も難しくないし、その作業も苦じゃない。むしろ、植物を育てていると、自分が生きている実感を強く持てるんだ。食べ物に対する感謝の気持ちも、ずっと深くなった。お金に縛られていた生活から解放されたことで、俺は生きていることが、嬉しくなったんだ」

話を聞いていくうちに、いつの間にか宗一郎の目から、涙が引いていた。そして、心の底から、翔太が幸せな人生を見つけられたことが分かり、心につっかえていた罪悪感が和《やわ》らいでいくのが、自分でも分かった。

「実は俺、兄さんのことが、羨ましかったんだよね」

「俺のことを？　羨ましかった？」

宗一郎は、「そんな、バカな」と、涙を拭きながら、半笑いした。しかし、翔太は真顔で、ゆっくりと話し始めた。

「いや、本当に羨ましかったんだよ。自分が欲しいモノをドンドン買えて、人との付き合いにお金を使いまくり、美味しいモノを食べまくり、楽しい思い出をたくさん作ってきたじゃないか。俺も兄さんみたいに、お金なんて貯めずに、何度、使ってやろうと思ったことか。でも、さっきも言ったとおり、俺は小心者だからさ。結局、兄さんみたいに、お金をガツンと使うことなんて、最後までできなかった」

「だったら、今から使えばいいじゃないか」

翔太は「今でも、無理じゃないかな」と笑ってみせた。

「だって、歳を取ると欲しいものはなくなるし、ずっと貯金ばかりしてきたから、お金の使い方が分からないんだよ。あのまま、消防士として働き続けて、老後のために貯金を増やしていたとしても、使えないんだから、本当に意味がなかったよ」

翔太はそう言うと、「あー、若いときに、貯金なんてするんじゃなかった！」と大声で叫んで、ゲラゲラと笑い出した。

宗一郎の心の中は、晴れ晴れとした気持ちになっていた。そして、血の繫がった弟がいることに、強く感謝した。

浜崎や藤野取締役のように、自分たちの都合で、義兄弟になったような関係は、やはり永遠のものではなかった。お互いの事情が変われば、その絆はいとも簡単に消滅してしまい、二度と修復できなかった。しかし、本当に血の繋がっている兄弟の関係は、お互いの事情がどんなに変わろうとも、繋がったままなのだ。

ただ、兄弟というのは「何も言わなくても、分かり合える」という、お互いの先入観によって、コミュニケーション不足が生まれて、感情的なもつれも生じやすいものでもある。特に、兄弟は仲間であると同時に、永遠のライバルにもなりうるのだ。

宗一郎は、世の中には、自分たちと同じように、長年、誤解し続けている年老いた兄弟がたくさんいるのではないかと想像できた。若いときから、互いに腹を割って、兄弟同士で話をしていれば、もっと翔太と協力した楽しい人生を歩めたのではないかと、宗一郎の心の中は後悔の気持ちでいっぱいになった。それでも、今、そのことに気が付いたのだから、まだ遅くはないか――。

「なぁ、翔太」

宗一郎は、翔太に話しかけながら、一緒に窓から見える外の景色を眺めた。

庭は青々とした木々に囲まれていて、葉の隙間から、夏の日差しが気持ちよさそうに、こぼれていた。

「今度、美鈴と一緒に、ここに遊びに来てもいいかな」

「もちろんだよ」

「そのときは、ちゃんと、お前の育てたキノコを買って帰るからさ」

翔太はプッと吹き出して、大声で笑い出した。

著者紹介

竹内謙礼（たけうち　けんれい）

有限会社いろは代表取締役。大企業、中小企業問わず、販促戦略立案、新規事業、起業アドバイスを行う経営コンサルタント。

大学卒業後、雑誌編集者を経て観光牧場の企画広報に携わる。楽天市場等で数多くの優秀賞を受賞。現在は雑誌や新聞に連載を持つ傍ら、全国の商工会議所や企業等でセミナー活動を行い、「タケウチ商売繁盛研究会」の主宰として、多くの経営者や起業家に対して低料金の会員制コンサルティング事業を積極的に行っている。特にキャッチコピーによる販促戦略、ネットビジネスのコンサルティングには、多くの実績を持つ。NPO法人ドロップシッピングコモンズ理事長としてネット副業の支援と普及にも力を入れている。青木氏との共著として、『会社の売り方、買い方、上場の仕方、教えます！』（クロスメディア・パブリッシング）、『会計天国』『戦略課長』『猿の部長』（以上、ＰＨＰ文庫）、著書に、『売り上げがドカンとあがるキャッチコピーの作り方』（日本経済新聞社）、『繁盛店は料理と言葉でつくる』（日経BP社）、『Amazonに勝てる絶対ルール』（商業界）ほか、多数。

「有限会社いろは」HP：http://e-iroha.com/

青木寿幸（あおき　としゆき）

公認会計士・税理士・行政書士。日本中央税理士法人代表社員、株式会社日本中央会計事務所代表取締役。明海大学講師。

大学在学中に公認会計士２次試験に合格。卒業後、アーサー・アンダーセン会計事務所において、銀行や大手製造業に対して最新の管理会計を導入し、業績改善や組織改革の提案を行う。その後、モルガン・スタンレー証券会社、本郷会計事務所において、M&Aのアドバイザリー、不動産の流動化、節税対策の提案などを行う。平成14年１月に独立し、株式会社日本中央会計事務所と日本中央税理士法人を設立して代表となり、現在に至る。会計・税金をベースとして、会社の再生、株式公開の支援、IR戦略の立案、ファンドの組成、事業承継対策などのコンサルティングを中心に活動。著書に、『ありふれたビジネスで儲ける』（クロスメディア・パブリッシング）、『相続のミカタ』（中経出版）、『あなたの相続、もめないのはどっち⁉』（秀和システム）など多数。

「株式評価.com」HP：http://www.kabuvalue.com/

本書は、書き下ろし作品です。

PHP文庫　貯金兄弟

2015年9月17日　第1版第1刷

著　者　竹内謙礼
　　　　青木寿幸
発行者　小林成彦
発行所　株式会社ＰＨＰ研究所
東京本部　〒135-8137 江東区豊洲5-6-52
文庫出版部　☎03-3520-9617(編集)
普及一部　☎03-3520-9630(販売)
京都本部　〒601-8411 京都市南区西九条北ノ内町11
PHP INTERFACE　http://www.php.co.jp/
組　版　朝日メディアインターナショナル株式会社
印刷所
製本所　図書印刷株式会社

ISBN978-4-569-76401-6